快乐读书 爱上语文

彩绘版 无障碍阅读

中外民间故事

张丝平 / 主编

天津出版传媒集团
百花文艺出版社

图书在版编目（CIP）数据

中外民间故事 / 张丝平主编 . -- 天津：百花文艺出版社，2014.11 (2024.4 重印)
ISBN 978-7-5306-6576-3

Ⅰ. ①中… Ⅱ. ①张… Ⅲ. ①民间故事-作品集-世界 Ⅳ. ①I17

中国版本图书馆 CIP 数据核字(2014)第 254520 号

中外民间故事
ZHONG-WAI MINJIAN GUSHI
张丝平 主编

出 版 人：薛印胜
责任编辑：赵 芳
装帧设计：文贤阁
封面设计：宋双成
出版发行：百花文艺出版社
地址：天津市和平区西康路 35 号　　**邮编：**300051
电话传真：+86-22-23332651（发行部）
+86-22-23332656（总编室）
+86-22-23332478（邮购部）
网址：http://www.baihuawenyi.com
印刷：天津泰宇印务有限公司
开本：710 毫米×1000 毫米　1/16
字数：120 千字
印张：12
版次：2014 年 11 月第 1 版
印次：2024 年 4 月第 3 次印刷
定价：29.80 元

如有印装质量问题，请与天津泰宇印务有限公司联系调换
地址：天津市宝坻区马家店工业区建铨道 3 号
电话：(022)59219088　邮编：301801

名人推荐

谢冕

1932年生，福建福州人，著名文艺评论家、诗人、作家，北京大学教授、博士研究生导师。曾任北京大学中国语言文学研究所所长，中国新诗研究所所长，《新诗评论》主编。现任中国作家协会全国委员会名誉委员，北京市作家协会名誉副主席，中国当代文学研究会副会长等。1980年他筹办并主持了全国唯一的诗歌理论刊物《诗探索》，并任该刊主编。同时，谢冕参与了北京大学中国当代文学学科建设，建立了该科第一个博士点，他也成为该校第一位指导当代文学的博士生导师。

著有《文学的绿色革命》《中国现代诗人论》《新世纪的太阳》《论二十世纪中国文学》《1898：百年忧患》等专著十余种，另有散文随笔《世纪留言》《流向远方的水》《永远的校园》等。主编《中国百年文学经典文库》（10卷）、《百年中国文学经典》（8卷）等。

推荐寄语

读书是一种接受前人智慧的方式。因为读书，文化得以传承和发扬。读书不仅于个人有益，也于社会发展和人类进步有益。

谢冕

张梦阳 作家、学者，中国社会科学院文学研究所研究员，中国鲁迅研究会副会长。著有《鲁迅杂文研究六十年》（浙江文艺出版社 1986 年出版）、《阿 Q 新论——阿 Q 与世界文学中的精神典型问题》（陕西人民教育出版社 1996 年出版）、《鲁迅对中国人的思维批判》（东方出版社 2011 年出版）等。作品曾获中国社会科学院优秀科研成果奖，其鲁迅研究书系获 1997 年国家图书奖提名奖。

祝晓风 中国社会科学院文学研究所编审，中华文学史料学学会近现代史料学分会副会长，南开大学教授，文学博士。曾任光明日报社主任编辑，《中华读书报》编辑部主任，中国社会科学杂志社编审、编辑中心主任，《中国社会科学报》第一届编委，《中国社会科学报》常务副主任。著有《读书无新闻》（东方出版社 2006 年出版）、《有声与无声之间》（中国社会科学出版社 2011 年出版）等。

刘培 山东大学文史哲编辑部教授、博士生导师，文学博士。2002 ~ 2004 年在南京师范大学博士后流动站工作。2009 年入选教育部新世纪优秀人才支持计划。著有《北宋辞赋研究》（山东人民出版社 2009 年出版）。在《文学评论》《文学遗产》《文艺研究》《北京大学学报》《南开学报》《四川大学学报》《江海学刊》等学术期刊发表论文 50 余篇。

杜语 线装书局出版中心副主任、第一编辑室主任、副编审、历史学博士。于 2009 ~ 2010 年在美国克莱姆森大学中国研究中心做访问学者。著有《开埠史话》（社会科学文献出版社 2000 年出版）、《英雄论英雄》（中国城市出版社 2003 年出版）、《挑战千年变局》（中国社会科学出版社 2010 年出版）等。在《中国社会科学院研究生院学报》《中国教育报》《中国农民报》《中国改革报》《人民论坛》等报刊发表论文、通讯、高层访谈等数十篇。

专家编审团

杨东林 文学博士，深圳大学文学院党委书记、中文系副教授。主要从事中国古代文学和古代文论方面的教学研究，在《文学评论》《文史哲》等刊物发表学术论文多篇。

郭灿金 历史作家，文学博士，河南大学副编审。著有《中国人最易误解的文史常识》（中国书籍出版社 2006 年出版）、《大唐盛世最有争议的 30 个人》（中国书籍出版社 2008 年出版）、《郭灿金读史》（长江出版集团 2009 年出版）、《史记（注译）》（中州古籍出版社 2010 年出版）等。其中，《趣读史记》系列 2007 年多次进入新浪畅销书排行榜前十名；《中国人最易误解的文史常识》曾获由中国书刊发行业协会主办的“2007 年度全行业优秀畅销品种”称号。

宋永健 北京市海淀区语文骨干教师，首都师范大学第二附属中学教师。致力于中、高考研究和教育科学研究工作，所写教学案例、教学设计多次荣获市、区级奖励。

高凤香 陕西省杨凌中学高级语文教师，杨凌作家协会副主席，《杨凌文苑》杂志副主编。著有《新课程下创新教学探析》（万卷出版公司 2013 年出版）、《温一壶月光》（敦煌文艺出版社 2013 年出版）等。

序言

XU YAN

苏联教育家苏霍姆林斯基曾说过：“让孩子变聪明的方法，不是补课，不是增加作业量，而是阅读，阅读，再阅读。”

如果说文化是人类的一份精神遗产，那么阅读就是开启这份遗产的金钥匙。在这种美好的感情和这块灿烂的文明沃土上，优秀的文学名著传达着人类对生命、对历史、对未来的憧憬和思考，其闪耀的智慧穿越古今中外，经过岁月的磨砺，升华成今天的经典。阅读美好的有价值的文学名著，是了解社会、认知自我的有效途径。

让我们一起阅读《论语》《诗经》，阅读《红楼梦》，阅读《雾都孤儿》，阅读《安徒生童话》……日不间断，我们也许会因为书中一段华丽的诗句而激扬，也许会为某个主人公的坎坷遭遇而落泪……任思绪随着书中动人的故事飘飞。阅读的过程就是励志、炼心、启智的过程。水滴石穿，绳锯木断。天长日久，积累的是知识，培养的是情感，塑造的是品格，净化的是灵魂……

本套书考虑各年龄段读者诵读古诗文、现代文学作品，以及外国文学作品等的阅读习惯，设置了知识链接、专家解疑、智慧引路、名家导读、哲理名言、名师点拨、好词好句、阅读思考、名家品评、重点测试等栏目。全套书图文并茂，精美的彩色插图，令经典的情节完美呈现，让读者在阅读文字的同时，感受具体的情景描述，增加阅读的乐趣。

畅读经典文学名著，启迪智慧，唤醒心灵

知识链接

全面熟悉文学作品内容，快速掌握相关的文学文化常识。

专家解疑

专家智慧解答，排难解疑，扫除阅读障碍。

名家导读

名家引路，撷取文章精华，提炼中心思想。

名师点拨

优秀名师领航，荟萃知识要点，轻松掌握重点、难点。

智慧引路

开启智慧的大门，引领前行，深入思考。

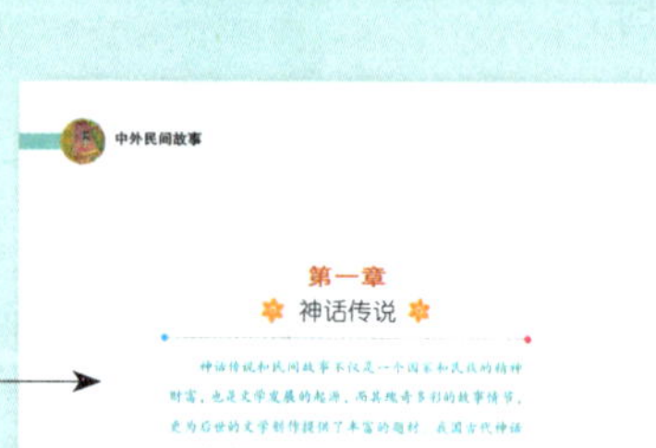

哲理名言

一句名言可以影响人的一生。

轻松提升语文水平，素质阅读，拓展思维

★ 本书文学地位 ★

神话大抵以一“神格”为中枢，又推演为叙说，而于所叙说之神，之事，又从而信仰敬畏之，于是歌颂其威灵，致美于坛庙，久而愈进，文物遂繁。

——无产阶级文学家　鲁迅

在原始的民间创作中，同严肃的祭祀活动一起，就有嘲笑和亵渎神灵的诙谐性祭祀活动；同严肃的神话一起，就有戏谑和辱骂性的神话；同英雄们一起，就有仿效英雄的英雄替身。

——俄国著名文艺学家　巴赫金

一般说来，神话乃是自然现象，对自然的斗争，以及社会生活在广大的艺术概括中的反映。

——苏联著名作家、政论家　高尔基

神话迄今还远没有加以批判的研究；他们已给自己的宗教形象——所有各种精灵——赋予人的样子，但是他们还在野蛮的低阶段，还不知道塑像——所谓偶像。这是一种处在向多神教发展路程中的对大自然与自发力的崇拜。

——德国思想家、革命家　恩格斯

作品速览

神话故事、民间传说开创了文学创作的先河，是古代人类智慧和文化的结晶，是人类宝贵的精神和文化遗产。本书从中国和外国两大方面将民间故事分为七大板块，向小朋友们简要地概述了部分中外民间故事的情节内容和它们给现代的人们带来的人生启迪。

在“神话传说篇”中，除《孟姜女哭长城》外，中国古代四大民间传说摘录其三，它向人们展示了主人公勇于同封建社会和恶势力做斗争的积极思想，以顽强不屈的精神传承着人间的正气；在“圣贤先哲篇”中，除了讲述一些功盖千秋的名将（田单、李靖）和足智多谋的军师（牛金星）的有趣故事外，还摘录了大禹治水的感人事迹，他大公无私、不畏艰险化解人间灾难的伟大精神光耀万代；在“帝王轶闻篇”中则主要讲述了我国古代皇帝们的一些鲜为人知的故事，其中有知错就改、尊老敬贤的典范，有英勇机智、正直无私的英雄豪杰，也有残暴不仁、遗臭万年的封建君主，劝诫读者朋友见贤思齐，对古人的不良行为引以为鉴；在“名胜之谜篇”

中，以叙事的方式讲述了中国部分名胜古迹、地理名称的由来（因是民间传说，是否足以为信，尚需进一步考证），希望在丰富读者地理知识的同时，给读者朋友带来阅读的乐趣。

本书的“外国卷”中主要就人物、事物、鸟兽三方面摘选了一些国外的民间故事，向读者展示了中外文学的差异，而故事情节更向读者说明了机智、勇敢、行善在人的一生中起到的重要作用。其中“述人篇”和“说物篇”除故事情节的主体存在差异之外，在情节上存在着一些相似之处，读者朋友可以对应阅读；“鸟兽篇”则以飞禽、走兽、水中动物为主角，以动物的心态和行为向读者讲述着处世的道理。

本书是面向少年读者的一部精品力作，不仅具有语言凝练优美、深入浅出的特色，而且特意添加了“名家导读”“名师点拨”“专家解疑”“好词好句”“智慧引路”“哲理名言”“重点自测”等内容，对小学生词汇量的积累无疑有非常大的作用。

我们衷心希望小朋友们能够从《中外民间故事》中感悟人生启迪，培养出良好的性格，提高自身的修养，使自己不断取得新的进步！

艺术特征

神话传说是人类最早的文学作品，对后世的文学创作有着深远的影响。民间故事出现的时期比神话传说稍晚，在内容情节上仍保留着很大部分的幻想成分，但已逐渐向现实生活倾移，久而久之，形成了自己独特的风格：

民间故事立足于现实生活之中，故事中的主角或有非凡的人生际遇，或拥有超凡的能力，但所行之事却是以现实生活为支点。民间故事的情节种植在现实生活之上，并围绕着现实生活开枝散叶。民间故事和其他的文学作品一样，源于生活却产生出了高于生活的意境。

民间故事着重于主要故事情节，大体内容的脉络十分清晰，趣味性较强，但并没有在细节上深究，具有生活逻辑性却在情节的合理性上安排得比较随意，这与当时的社会制度和生产力的低下有着密切的关系。在当时，大部分黎民百姓文化程度有限，见识狭隘，不会用科学和辩证的方法来判断是非，对故事中那些能为常人所不能为的主人公有一种盲目的崇拜心理。在这种背景下，文学创作者如果对故事的合理性深究，笔下的人物将与普通人物无异，将不利于文学作品的传播，所创作出来的作品也将因缺乏想象力而失去光辉。

民间故事在语言上具有通俗化的特点，因受当时读者文化程度的局限、文化用具的稀缺以及文化传播途径狭窄的影响，大多数民间故事是通过口传的方式流传下来的，在一定程度上降低了其文学性。

民间故事在人物和情节上具有类别性，大致可分为神魔、人类、灵物、鸟兽四类，不论何种类型，惩恶扬善、锄强扶弱的侠义精神都是其宣扬的主旨。民间故事虽然人物性格不够丰满，形象不够鲜明，故事情节比较单一，但所体现出的思想大多都是积极向上的，给人们的生活带来了希望和欢乐。

创作背景

神话传说和民间故事传承着人类的文明，是后世文学的起源，甚至在一定程度上影响着人们的思想、行为和习惯。

民间故事的作者大多都是古代的黎民百姓，以散文和口语化语言风格杜撰故事，抒发当时人们的某种思想感情，反映着他们的梦想和生活追求。

民间故事的题材广泛，内容充满幻想，包含着超脱自然、异想天开的成分。民间故事从生活本身出发，像其他所有优秀的文学作品一样，筑造在日常生活的基石上，意境却又远远高出现实生活。

在远古时代，生产力水平低下，人们在争取生存、提高生产力的同时逐渐积累了一些认知、改变社会和自然的经验，配以丰富的想象力和作者自身的感受、观念以及渴望等，以文字或口述等方式流传下来，这就是古代神话故事、民间传说产生的基础。

民间故事是当时老百姓心中的童话，很多在现实生活中无法做到的事情，在故事中的主人公手中轻而易举地就得到了解决。古代社会体制不健全，生活水平低下，百姓大众需要神话故事作为心灵的寄托，需要将民间传说作为精神的慰藉品。民间故事正是通过这样的方式流传至今的。

民间故事为了迎合广大百姓的需求，绝大多数的故事都是用夸张和充满幻想的情节表现了人们美好的愿望，以浪漫的手法叙述故事内容，只着重于故事整体的粗枝大叶，并不局限于实际情况以及人们认为真实的和合理范围之内，有着较强的趣味性。

主角秀场

●嫦　娥

中国上古神话人物，上古时期三皇五帝之一帝喾（天帝帝俊）的女儿、大羿之妻，美貌非凡。本称姮娥，因西汉时为避汉文帝刘恒的忌讳而改称嫦娥。又有称其姓纯狐，名嫄娥。神话中因偷食大羿自西王母处所求得的不死药而奔月成仙，居住在月宫之中。

●白素贞

一条修行千年的蛇仙，古代四大传说之一《白蛇传》的主人公，人称白娘子。白素贞在峨眉山修炼得道，法术高强。她美貌绝世，明眸皓齿，集美丽、优雅、高贵于一身。白娘子天性善良，菩萨心肠，用岐黄医术悬壶济世、造福黎民百姓，功德无量。

●李　靖

本名药师（571 ~ 649），京北三原（今陕西三原东北）人。唐初军事家。后封卫国公，世称李卫公。李靖善于用兵，长于谋略，原为隋将，后效力李唐，为唐王朝的建立发展立下赫赫战功，南平萧铣，北灭东突厥，西破吐谷浑。去世后谥曰景武，陪葬昭陵。

●女　娲

中国上古神话中的创世女神 。又称娲皇、女阴娘娘，史记女娲氏，是华夏民族人文先始，福佑社稷之正神。女娲人首蛇身，以黄泥仿照自己抟土造人，创造人类社会并建立婚姻制度；后因世间天塌地陷，于是熔彩石以补苍天，斩鳌足以立四极，留下了女娲补天的神话传说。

知识链接

● 楚庄王

又称荆庄王（出土的战国楚简文写作臧王），芈姓熊氏，名侣（一作吕、旅），谥号庄。楚穆王之子，春秋时期楚国最有成就的君主，春秋五霸之一。庄王之前，楚国一直被排除在华夏文化之外，自庄王称霸中原，不仅使楚国强大，威名远扬，也为华夏文化的传播和民族精神的形成发挥了一定的作用。

作品影响

民间故事是一种口头叙事文学，大多是在历史事件、历史人物及地方风物的基础上加工而成，赋予其艺术与文学的魅力，是古人先哲智慧的结晶，对人类探究历史有着极为重大的意义。

在情节内容方面，民间故事是当时人们对社会、自然、科学等认知的一种体现，契合了人们的思想观念与某种信念追求，不仅为后人在艺术创作上提供了丰富的题材，也对后人的行为起着警示作用。

在教育意义方面，民间故事宣扬的是真、善、美的高贵品质，批判伪、恶、丑的卑劣行径，呼吁人们遵守道德规范和行为准则，对当代和后世都有着非常深远的影响。

而对于少年、儿童，民间故事或是其启蒙读物之一，或是带领其走进睡梦的催眠曲。它在开阔少年、儿童视野的同时，也为他们幼年时光带来了欢乐，甚至还能潜移默化地对他们的思想、行为起着引导和规范作用。

目录

Contents

中国卷

目录

Contents

外国卷

中国卷

第一章
神话传说

神话传说和民间故事不仅是一个国家和民族的精神财富，也是文学发展的起源，而其瑰奇多彩的故事情节，更为后世的文学创作提供了丰富的题材。我国古代神话中，有很多美丽的故事家喻户晓，如嫦娥奔月、牛郎织女、白蛇传、梁山伯与祝英台等，那么，这些神话故事究竟有哪些深入人心的魅力呢？我们一起看一看：

红狐曲

故事发生在哪朝哪代已经无据可考。却说，当时有个叫张景秋的人，酷爱作曲，作了数百首曲子，没有一首在乐坛引起一丝波澜。灰心丧气的他决定游历一番，寻找些灵感。

「专家解疑」波澜（lán）：波涛，多用于比喻。

一天，他穿过森林，天黑了，爬上一棵大树预备睡觉，忽然一阵狂风过后，一个约六七岁的红衣童子奔到树下的空地上，手执笛子，急切地吹着一支极具煽动性和战斗性的曲子。张景秋听得热血沸腾。很快，一个十五六岁的黄衣少年提一柄长剑追了过来。那少年出手狠毒，招招都往对方要害处刺。红衣童子只能躲闪避让，毫无还手之力，情况十分危急。

打开包袱，张景秋取出防身用的匕首，对着黄衣少年掷了出去。黄衣少年侧身躲过，仍紧逼红衣童子不放。红衣童子一边避让，一边不住地吹笛。这时，几个红衣人狂奔而至，疯狂围攻黄衣少年。黄衣少年左支右绌，狼狈不堪，只得落荒而逃。红衣童子得意扬扬地停了笛声。那几个刚才还凶猛异常的红衣人顿时睡醒了一般，稀奇地互相询问：“我们怎么会在这里？”

「专家解疑」
左支右绌(chù)：指力量不足，应付了这一方面，那一方面又有了问题。

红衣童子也不理睬他们，他走到树下，抬头感谢张景秋相助，还邀请他一同回家。

学艺不精的张景秋，记忆力却超群，能背诵无数名曲。可是红衣童子吹的曲子，他却闻所未闻。何况，一支曲子就有如此大的魔力，*若不是亲眼所见，无论谁告诉他，他都不会相信*。他满怀好奇，想知道那红衣童子是何许人物，他爬下树，跟随红衣童子而行。

「智慧引路」
“眼见为实，耳听为虚”，在面对事情时，更重要的是要用心去斟酌、推敲，不慌不乱才能灵台清明，才能不惑于心。

张景秋在后面深一脚浅一脚地跟着，他们走的地方越来越偏僻。行了一段路，他猛一抬头，发现面前有一座华丽的住宅。住宅门口站着一位须发皆白的老者，红衣人毕恭毕敬地垂手而立。红衣童子喊了一声“爹”，上前对老者耳语了几句，老者立即请张景秋进屋。

老者声称自己姓胡，隐居于此。他问及世间有何好的乐曲，请张景秋写出来。张景秋凭记忆写了一百多首。老者十分兴奋，命人将曲谱给夫人拿进去，又吩咐仆人设宴款待。红衣童子敬酒添饭，十分殷勤。张景秋问他要刚才那支曲子的曲谱，红衣童子说道：“那是我的即兴之作，不值什么。”说完，提起笔一挥而就。曲子名《红

「好词好句」
款待
殷勤
*张景秋在后面深一脚浅一脚地跟着，他们走的地方越来越偏僻。

狐曲》，张景秋心里有些纳闷，由于极爱那曲子，不由自主地背了下来。老者凑过来一看，变了脸色，要过曲谱烧掉了。

「名师点拨」如此美妙的曲子，老者却要将其付之一炬，到底是什么原因让老者心中不安呢？作者在此为下文埋下伏笔。

曲谱瞬间化成灰烬，张景秋惊问缘故。老者叹息道："犬子天资聪颖，对音乐的领悟力非同一般，只是聪明不用在正道上，专爱写这样大逆不道的曲子。"

红衣童子忍不住插嘴："这支曲子救了孩儿性命。"

老者勃然大怒："你又得罪王公子了？"

红衣童子噘着嘴小声嘀咕："那就由他杀了孩儿？"

老者厉声呵斥："杀了你也是天理，不得有半点违抗。"红衣童子低了头，不再说话。

「专家解疑」天理：①宋代的理学家认为封建伦理是客观存在的道德法则，把它叫作天理。②天然的道理。

张景秋被这对父子的一席话弄得如坠云雾，又不便细问，只好埋头吃饭。

吃罢饭，老者让红衣童子陪张景秋到花园走走。在池塘边，红衣童子闷闷不乐地低头玩水。张景秋拿出自己作的数百支曲子请他指教，红衣童子立即神采飞扬起来，他留了两支，余者皆说狗屁不通，全扔进池塘里，张景秋羞得满面通红。红衣童子说道："要那些废物做什么？我把你这两支改了，保证世间无人能及。"他将信将疑。

红衣童子取来笔，在他的稿子上一阵涂改，然后递给他。张景秋一看，不由得大喜：真是点石成金之笔！红衣童子又教他作曲技巧，令他茅塞顿开，他感到那可望而不可即的名与利，此刻如同探囊取物一般。

「好词好句」
神采飞扬
将信将疑
*张景秋一看，不由得大喜：真是点石成金之笔！红衣童子又教他作曲技巧，令他茅塞顿开，他感到那可望而不可即的名与利，此刻如同探囊取物一般。

这晚，张景秋无论如何也睡不着，公鸡刚开始第一声啼叫，他就迫不及待地告辞，老者也不挽留。

在门外，他遇见一位美貌的中年妇人，自称是童子之母。她说：“我看先生记忆力超群，恐已将《红狐曲》记下，切记不可演奏此曲，更不可外传。先生若能做到，我们全家将感激不尽。”张景秋急于赶路，点头应允。美妇还是不放心，从衣袖中取出一块刻有“胡”字的令牌，递给他，说是防身之用。

张景秋径直取道京城。到京城的第一件事便是将《红狐曲》写下来，裱好。时刻带在身边，天天在心里默默演奏。

两年后，*他成了作曲名家，还成了十王爷的门客。*

功成名就的张景秋没有忘记红衣童子，备了厚礼，预备去胡家。他一边走，一边游玩沿途名胜古迹。这日，他碰见一位熟人，听说十王爷要提前举办作曲大赛，正派人四处找他。张景秋知道推托不掉，当晚就在旅馆写了起来。半夜时分，他写好曲子，扔掉笔，和衣而睡。天明醒来，收拾包袱，预备进京交曲子。这一收拾不要紧，他发现《红狐曲》竟然不见了。

张景秋吓出一身冷汗，不知如何是好。十王爷派来的人找到他，说是王爷吩咐过，要护送他回京。失魂落魄的张景秋跟随公差赶到京城。一连两天十王爷亲自相陪，他只有强打精神。第三、第四天，十王爷没来，听仆人说他得了一支天下无双的曲子。张景秋也没在意，只想着怎样同胡家取得联系，找到那令人疯狂的曲谱。他托仆人转告十王爷，说家乡有事，得离开一些时日。

张景秋乘了马车，火速离京。马车刚驶到城门口，就有公差在城门旁贴出告示。公差见了他，笑着说：“张老爷今年只得了

「好词好句」

迫不及待

挽留

*美妇还是不放心，从衣袖中取出一块刻有“胡”字的令牌，递给他，说是防身之用。

「智慧引路」

“祸兮福所倚，福兮祸所伏”，张景秋自然不会料到他今日的“贵人”十王爷，不久后将会成为他人生最大的灾星。人生难料，世事无常。唯有充实自己、自强自立才是亘古不变的道理。

「专家解疑」

失魂落魄：形容心神不定非常惊慌的样子。

「哲理名言」
强中自有强中手，一山比一山高。

第二名，可惜。”张景秋笑道：“强中自有强中手，一山更比一山高。这第一名的曲名是什么？”公差说出来的话，吓得他差点从马车上掉下来：“《红狐曲》。”

张景秋急忙命车夫调转马车，直奔十王爷府。他要求见十王爷，可是，十王爷很忙。

午饭后，张景秋从仆人处打听到十王爷已休息，要晚上才有时间见他。他心急如焚地在花园里走来走去，想不出办法。当他走到一座亭子外，正想进去坐坐时，却发现亭子四面的窗子关得紧紧的。怕撞见了别人的隐私，他正要静静地退回，却听到一个少年的声音提到《红狐曲》。张景秋站住了，接着又听那少年继续说：“这下，胡家跳进黄河也洗不清了。”

「专家解疑」
心急如焚(fén)：走路不稳。

「好词好句」
隐私
神机妙算
*当他走到一座亭子外，正想进去坐坐时，却发现亭子四面的窗子关得紧紧的。

一个成年人的声音：“王公子真是神机妙算！您怎么知道那个张呆子包袱里就有《红狐曲》呢？”

那少年得意扬扬地说：“我有什么不知道的？胡家小孩儿从不把我放在眼里，哼！这次要让他尝尝厉害。”

成年人说：“胡家还不知道呢，反派仆人来京城购物，真是自寻死路。”

「名师点拨」
作者在此解开老者忍痛焚烧曲谱的谜底，同时为下文的高潮情节作铺垫，使故事更加扣人心弦。

那少年狞笑着说：“只要《红狐曲》奏响，胡家仆人就会发疯杀人。到时，皇帝不追究胡家，老天爷也不会放过他们。”

忽然，那成年人大声说：“有人。”

张景秋赶紧钻进花丛中，一动不动。

张景秋认出亭子里走出的那个衣裳华丽的黄衣少年，正是当年与红衣童子争斗的人，紧跟着走出的衣裳光鲜的黄衣成年人四处打量，想找出偷听者。黄衣少年阻止了他："别因小失大。"两人向花园外走去。

张景秋发疯似的满街询问穿红衣的人是不是胡家仆人，竟然没有一个人是。

晚上，十王爷命仆人带他到王府的歌舞场——梨香院。在梨香院门外，张景秋听见乐队已开始演奏《红狐曲》，大惊失色，踉跄奔入。一个美貌舞女穿一身红装，和着乐曲，婆娑起舞。他刚喊出："不能演奏。"已有一群红衣人冲进来，一阵乱砍乱杀。

张景秋握着令牌直奔十王爷而去。红衣人虽接近疯狂，可是对"胡"字令牌仍有些顾忌，见他护着十王爷，也不敢下手。可怜的演奏者，一直不停地演奏，直至全部被杀。音乐一停，红衣人照例面面相觑："我们怎么会在这里？"他们一见满屋的尸体，吓了一跳，赶紧向门外飞奔。侍卫闻讯赶到时，红衣人已没了踪影。

惊魂甫定的十王爷低头去瞧张景秋手中的令牌，张景秋立即把它藏入衣袖中。他不顾十王爷诧异的眼神，抓起曲谱凑到蜡烛上烧了。

十王爷府上灯火辉煌，仆从们忙碌着搬运尸体，张景秋放心不下胡家，便躬身向十王爷告辞。*十王爷眼里闪过一丝杀气，但是很快，他笑着答应了，指着下人备了一匹快马。*张景秋连夜出了京城。当晚雷声大作，大雨倾盆，他不得不在旅馆住下。

模模糊糊中，他看见红衣童子站在自己的面前，几年不见，红衣童子长高了不少，瘦了不少，神情也忧郁了。张景秋赶紧下床，拉着他讲述了丢失《红狐曲》的经过。红衣童子哭着说："实

「好词好句」
因小失大
婆娑起舞
*惊魂初定的十王爷低头去瞧张景秋手中的令牌，张景秋立即把它藏入衣袖中。

「专家解疑」
踉（liàng）跄（qiàng）：走路不稳。

「智慧引路」
十王爷是一个心胸狭窄的人，从本句不仅能够看出他城府极深，而且还残忍好杀。"害人之心不可有，防人之心不可无"，小朋友在与陌生人相处时，一定要心存戒备，学会自我保护。

话对你说了吧，我们一家都是狐狸精，那王公子是只老虎精。我们狐狸注定世世代代都该受老虎欺负，哪怕成了精，也得受老虎精的气。我偏不服，他就视我为仇敌，那次，我急中生智，作了一支曲子救命。那曲子能令那些道行不够深的狐狸精发挥出超乎寻常的能量，没想到最终反而害了大家。”

都怪自己将《红狐曲》抄了出来！张景秋心中充满了悔恨，他跪在地上请求红衣童子原谅。忽然一道闪电从窗外扑进来，狠狠地抽在红衣童子身上，红衣童子的衣服立即燃了起来。一道怪风吹开了紧闭的房门，卷走了红衣童子。空中传来红衣童子焦虑的声音：“快逃！快逃！十王爷对你已起了疑心。”

张景秋想救下红衣童子，谁知刚一迈步，竟重重地掉下了悬崖。一惊，他蓦地醒了，梦已忘掉大半。这时，天色已明，一派雨过天晴的清新景象，张景秋骑马前行，发现十王爷的随从偷偷地跟着他。为了不暴露胡家，他兜了几个圈子，摆脱了十王爷的随从，才又上了路。

走了九天九夜，终于赶到与红衣童子相遇的那片森林。往胡家去的沿途，有好些烧焦的红狐尸体。到了胡家，哪里有什么豪华住宅？分明是一个极大的被雷击垮了的狐狸洞，洞中有三具烧焦的狐狸尸体。

张景秋忽然记起梦中的情景，原来红衣童子一家果真是狐狸精。*可怜的红衣童子，还冒着生命危险来找他，让他快逃。*张景秋从乱石堆中，抱起那只小的狐狸尸体，忍不住痛哭流涕。

张景秋把所有他能找到的狐狸尸体全部掩埋了，在红衣童子

「好词好句」
世世代代
悔恨
*我偏不服，他就视我为仇敌，那次，我急中生智，作了一首曲子救命。

「专家解疑」
疑(yí)心：①怀疑的念头。②怀疑。

「智慧引路」
红衣童子为了向张景秋传信，不惜冒着生命危险，这种大仁大义的精神不仅值得每个人敬重，也值得每个人学习。

一家的坟墓前哭了三天三夜，才离开森林。

「好词好句」
情投意合
惩罚
*传说，他后来见到一个秀丽可人的湖泊，湖中有一百零八个小岛，当地土著人称作微瑕湖。

传说，他后来见到一个秀丽可人的湖泊，湖中有一百零八个小岛，当地土著人称作微瑕湖。那些岛屿的确如碧玉上的微小瑕疵。他便在其中一座岛上定居，整日吃斋念佛，不问世事，直至一百零八岁，无疾而终。

智慧启迪

听从别人劝告，不仅可以少走弯路，还可以避免一些无妄之灾。

「专家解疑」
无妄之灾：平白无故受到的损害。
以泪洗(xǐ)面：用眼泪来洗脸，形容因极度悲伤而泪流满面。

牛郎织女

相传天上有个织女星，还有一个牵牛星。织女和牵牛情投意合，心心相印。可是，天条律令是不允许男欢女爱、私自相恋的。织女是王母的孙女，王母便将牵牛贬下了凡尘，令织女不停地织云锦以作惩罚。

织女的工作，便是用一种神奇的丝在织布机上织出层层叠叠的美丽的云彩，随着时间和季节的不同而变幻它们的颜色，叫作“天衣”。自从牵牛被贬之后，织女常常以泪洗面，愁眉不展地思念牵牛。*她坐在织机前不停地织着美丽的云锦以期博得王母大发慈心，让牵牛早日返回天界。*

「智慧引路」
我们应该学会宽恕别人，原谅别人的过失，做一个心胸宽广的人。

一天，几个仙女向王母恳求想去人间碧莲池一游，王母那日心情正好，便答应了她们。她们见织女终日苦闷，便一起向王母求情让织女共同前往。王母也心疼受惩后的孙女，便令她们速去速归。

「专家解疑」
苦闷（mèn）：苦恼烦闷。

话说牵牛被贬之后，投胎在一个农民家中，取名叫牛郎。后来父母去世，他便跟着哥嫂度日。哥嫂待牛郎非常刻薄，要与他分家，却只给他一头老牛和一辆破车，其他的都被哥哥嫂嫂占有，然后，便和牛郎分家了。

「好词好句」
刻薄
营造
*牛郎和老牛相依为命，他们在荒地上披荆斩棘，耕田种地，盖造房屋。

从此，牛郎和老牛相依为命，他们在荒地上披荆斩棘，耕田种地，盖造房屋。一两年后，他们营造成一个小小的家，勉强可以糊口度日。可是，除了那头不会说话的老牛以外，冷冷清清的家只有牛郎一个人，日子过得相当寂寞。牛郎并不知道，那头老牛原是天上的金牛星。

这一天，老牛突然开口说话了，它对牛郎说："牛郎，今天你去碧莲池一趟，那儿有些仙女在洗澡，你把那件红色的仙衣藏起来，穿红仙衣的仙女就会成为你的妻子。"牛郎见老牛口吐人言，又奇怪又高兴，便问道："牛大哥，你真会说话吗？你说的是真的吗？"老牛点了点头，牛郎便悄悄躲在碧莲池旁的芦苇里，等候仙女们的来临。

「名师点拨」
牛郎先关心老牛会说话的事情，后才询问老牛之言是否属实，说明他对老牛的感情十分深厚。

不一会儿，仙女们果然翩翩而至，脱下轻罗衣裳，纵身跃入清流。牛郎便从芦苇里跑出来，拿走了红色的仙衣。仙女们见有人来了，惊慌地穿上自己的衣裳，像飞鸟般飞走了，只剩下没有衣服无法逃走的仙女，她正是织女。织女见自己的仙衣被一个小伙子抢走，又羞又急，却又无可奈何。这时，牛郎走上前来，对她说，要她答应做他妻子，他才能还给她衣裳。织女定睛一看，才知道牛郎便是自己日思夜想的牵牛，便含羞答应了他。这样，织女便做了牛郎的妻子。

「智慧引路」
安定中隐藏的危机才最可怕，牛郎和织女怎么也想不到如此相爱的两个人以后会天各一方。小朋友从小就应该有一种居安思危的意识。

他们结婚以后，男耕女织，相亲相爱，日子过得美满幸福。不久，他们生下了一儿一女，十分可爱。牛郎织女满以为能够终身相守，白头到老。

可是，王母知道这件事后，勃然大怒，马上派遣天神、仙女捉织女回天庭问罪。

这一天，织女正在做饭，下地去的牛郎匆匆赶回，眼睛红肿着告诉织女："牛大哥死了，他临死前说，要我在他死后，将他的牛皮剥下放好，有朝一日，披上它，就可飞上天去。"织女一听，心中纳闷，她明白，老牛就是天上的金牛星，只因替被贬下凡的牵牛说了几句公道话，也被贬下天庭。它怎么会突然死去呢？织女便让牛郎剥下牛皮，好好埋葬了老牛。

「专家解疑」
天庭（tíng）：①神话中天神居住的地方。②帝王的住所。③指前额的中央。

正在这时，天空狂风大作，天兵天将从天而降，不容分说，押解着织女便飞上了天空。

正飞着、飞着，织女听到了牛郎的声音："织女，等等我！"织女回头一看，只见牛郎用一对箩筐，挑着两个儿女，披着牛皮赶来了。慢慢地，他们之间的距离越来越近了，织女可以看清儿女们可爱的模样了，孩子们也都张开双臂，大声呼叫着"妈妈"，眼看，牛郎和织女就要相逢了。可就在这时，王母驾着祥云赶来了，她拔下头上的金簪，往他们中间一划，霎时间，一条天河波涛滚滚地横在了织女和牛郎之间，无法穿越了。

「好词好句」
可爱
相逢
*织女回头一看，只见牛郎用一对箩筐，挑着两个儿女，披着牛皮赶来了。

织女望着天河对岸的牛郎和儿女们，直哭得声嘶力竭，牛郎和孩子也哭得死去活来。他们的哭声，孩子们一声声“妈妈”的喊声，是那样撕心裂肺，催人泪下，连在旁观望的仙女、天神们都觉得心酸难过，于心不忍。王母见此情此景，也稍稍为牛郎织女的坚贞爱情所感动，便同意让牛郎和孩子们留在天上，每年七月七日，让他们相会一次。

「专家解疑」
声嘶力竭：嗓子喊哑，力气用尽，形容拼命地叫喊、呼号。也说力竭声嘶。

从此，牛郎和他的儿女就住在了天上，隔着一条天河，和织女遥遥相望。在秋夜天空的繁星当中，我们至今还可以看见银河两边有两颗较大的星星，晶莹地闪烁着，那便是织女星和牵牛

「好词好句」
倾诉
花前月下
＊和牵牛星在一起的还有两颗小星星，那便是牛郎织女的一儿一女。

「名师点拨」
“相见时难别亦难，东风无力百花残。”作者在此引用李商隐的诗句，使文章更加生动。

星。和牵牛星在一起的还有两颗小星星，那便是牛郎织女的一儿一女。

牛郎织女相会的七月七日，无数成群的喜鹊飞来为他们搭桥。鹊桥之上，牛郎织女团聚了。织女和牛郎深情相对，搂抱着他们的儿女，有无数的话要说，有无尽的情意要倾诉。

传说，每年的七月七日，若是人们在葡萄架下的葡萄藤中静静地听，可以隐隐听到仙乐奏鸣，织女和牛郎在深情地交谈。只是：相见时难别亦难，他们日日在盼望着第二年七月七日的重逢。

后来，每到农历七月初七，相传牛郎织女鹊桥相会的日子，姑娘们就会来到花前月下，抬头仰望星空，寻找银河两边的牛郎星和织女星，希望能看到他们一年一度的相会，析求上天能让自己像织女那样心灵手巧，祈祷自己能有称心如意的美满婚姻和美丽的爱情，由此形成了七夕节。

智慧启迪

精诚所至，金石为开。牛郎织女痴心相恋，虽有王母阻拦，却得到了喜鹊的帮助。

嫦娥奔月

嫦娥原来是一个美丽善良的村姑，她勤劳朴实、活泼可爱，尤其有着一颗金子般的心，她总是千方百计地为百姓做好事。嫦娥有个恋人叫后羿，是个神箭手，也是个好后生。

有一天，嫦娥与几个要好的女伴在村边小河旁洗衣服。不料，无所事事、心术不正的河神河伯正闲逛到此。他见到嫦娥的沉鱼落雁之容，顿时惊为天人，便一抹脸变成一个英俊的小伙子，走过去跟嫦娥搭话。嫦娥见他不怀好意便急忙躲开，可是河伯露出了狰狞的真面目，要强抢嫦娥入水。正在这危急关头，后羿来了，他一看，顿时气得剑眉倒竖，怒发冲冠。他拈弓搭箭，“嗖”的一声，射瞎了河伯的一只眼睛。河伯疼痛难忍，大叫一声，便跳下河去。

经过这件事，嫦娥和后羿恐怕夜长梦多，便提早成婚。婚后，二人过得非常幸福。当然，他们并没有完全沉浸在小家庭的美满快乐之中，两颗善良的心总想为乡亲们多做些好事。

有一年，天空出现了十个太阳，大地都快要着火了。人们无法耕种，无法生活，处于被灭绝的灾难之中。后羿便决心要射掉那多余的九个太阳，拯救百姓于火海之中。他天天挥汗如雨，苦苦练习射术。可是，河伯对他恨之入骨，不断地前来骚扰，他发誓要报一箭之仇，更要抢到他一直贪恋着的美女嫦娥。为此，后

「专家解疑」

沉鱼落雁：《庄子·齐物论》：“毛嫱、丽姬，人之所美也；鱼见之深入，鸟见之高飞，麋鹿见之决骤，四者孰知天下之正色哉？”后来用“沉鱼落雁”形容女子容貌极美。

「好词好句」

惊为天人

夜长梦多

＊正在这危急关头，后羿来了，他一看，顿时气得剑眉倒竖，怒发冲冠。他拈弓搭箭，“嗖”的一声，射瞎了河伯的一只眼睛。

羿十分烦躁。

有一天，一位大仙给了后羿一丸仙药，好心地告诉他，河伯报仇心切，他将要面临一场大祸，如若吃了这丸药，便可摆脱人间的一切磨难和烦恼，升入月宫中。可是，*首先得能耐住孤独寂寞的煎熬。*后羿听后，心绪不宁地回到家中，将大仙的话如实地告诉了嫦娥，便疲倦地睡着了。

「智慧引路」
吃了仙药虽能成仙，但却要忍受无穷无尽的痛苦和寂寞。任何事情有利必有弊，关键是看你怎么选择。

说者无心，听者有意。嫦娥坐立不安了，她在房中走来走去，看着一天比一天消瘦的丈夫，心里非常痛苦。她深爱着后羿，不

愿他遭受任何磨难和折磨，可是，她又想到丈夫身上还肩负着射掉九个太阳的重任，正受着烧烤之灾的乡亲们需要他去拯救。*嫦娥心中十分明白，河伯对于丈夫的威胁，都源于自己。*河伯对她仍没有死心，为了得到她，什么坏事都做得出来，怎么办呢？嫦娥想着，想着，突然，她心中闪过一个念头：为了让河伯对她死了心，为了让丈夫排除一切杂念和干扰，全心全意地去射掉九个太阳为民服务，她决心牺牲自己。主意打定，她就急忙找出仙药，吞了下去。

过了一会儿，后羿醒了，他发现嫦娥心神不定，脸上泛着神奇的红光，很是诧异，又觉不祥。嫦娥深情地望着丈夫，她知道与丈夫在一起的时间不多了，便眼含泪水嘱咐丈夫要好好珍重，请求丈夫原谅她不能再尽做妻子的义务了。话犹未尽，嫦娥只觉得心中恍惚，身子突然变轻了，接着，双脚离地竟飞了起来，她边往天上飞边回头高声叫着：“后羿，我的好夫君，永别了！要珍重！”

「专家解疑」
磨难：在困苦的境遇中遭受的折磨。

「智慧引路」
知人者智，自知者明。遇到了问题，我们要多想一下事情发生的原因，从根本上去解决问题。

「好词好句」
全心全意
恍惚
＊他发现嫦娥心神不定，脸上泛着神奇的红光，很是诧异，又觉不祥。

嫦娥冉冉上升，飞进了月亮中那寂寞、冷清的广寒宫，做了月中仙女。然而，这里没有亲人，没有欢笑，只有一只惹人怜爱的玉兔相偎依，只有那总在砍着桂树却总也砍不倒的吴刚相陪伴。

「好词好句」
安宁祥和
花好月圆
＊这里没有亲人，没有欢笑，只有一只惹人怜爱的玉兔相偎依，只有那总在砍着桂树却总也砍不倒的吴刚相陪伴。

自从嫦娥牺牲自己，飞上月宫后，后羿把痛苦、惆怅化作了力量。后羿明白妻子的作为是替自己和百姓着想，他深深地被感动和激励着，日夜苦练着射箭的本领，终于战胜了河伯的挑战，射掉了九个危害生灵的太阳，拯救了人类。人间有了欢乐，乡亲们过上了安宁祥和的日子。

天帝也被嫦娥和后羿这种为了乡亲们的幸福而牺牲自己的精神感动了，后来，便封后羿为天将，于中秋佳节使二人重逢团圆。从此，嫦娥和后羿在天上过上了幸福美满的生活。同时，天帝还规定月亮每月十五一圆，以祝愿花好月圆夜，天下有情人成眷属。

「专家解疑」
眷（juàn）属：①家眷；亲属。②特指夫妻。

智慧启迪

舍身成仁的人都会万古流芳。嫦娥牺牲小我拯救天下苍生的博大胸襟值得每个人学习。

梁山伯与祝英台

「名师点拨」
正是因为祝英台“非常聪明”，所以才会想出穿男子衣服去上学的绝妙主意。

从前有个姓祝的地主，人称祝员外，他的女儿祝英台不仅美丽大方，而且非常聪明。但由于古时候女子不能进学堂读书，祝英台只好日日倚在窗栏上，望着大街上身背书箱来来往往的读书人，心里羡慕极了。*难道女子只能在家里绣花吗？为什么我不能去上学？她突然反问自己：对啊！我为什么就不能上学呢？*

「智慧引路」
祝英台虽身为女子，却敢对不公的世道产生疑问，并提出抗议，以争取自己的利益，这在男尊女卑的封建时代需要莫大的勇气，是每个人学习的榜样。

想到这儿，祝英台赶紧回到房间，鼓起勇气向父母要求："爹，娘，我要到杭州去读书。我可以穿男人的衣服，扮成男人的样子，一定不让别人认出来，你们就答应我吧。"祝员外夫妇开始不同意，但禁不住英台撒娇哀求，只好答应了。

第二天一大早，天刚蒙蒙亮，祝英台就和丫鬟扮成男人，辞别父母，带着书箱，兴高采烈地出发去杭州了。

到了学堂的第一天，祝英台遇见了一个叫梁山伯的男同学，他学问出众，人品也十分优秀。她想：这么好的人，要是能天天在一起，一定会学到很多东西，也一定会很开心的。而梁山伯也觉得与她很投缘，有一种一见如故的感觉。于是，他们常常一起诗呀文呀谈得情投意合，冷呀热呀相互关心体贴，促膝并肩，两小无猜。后来，两人结拜为兄弟，更是时时刻刻，形影不离。

「专家解疑」
一见如故：初次见面就很相投，像老朋友。

春去秋来，一晃三年过去了，学年期满，该是打点行装、拜别老师、返回家乡的时候了。同窗共烛整三载，祝英台已经深深爱上了她的梁兄，而梁山伯虽不知祝英台是女生，但也对她十分倾慕。他俩恋恋不舍地分了手，回到家后，都日夜思念着对方。

「好词好句」
情投意合
形影不离
*同窗共烛整三载，祝英台已经深深爱上了她的梁兄，而梁山伯虽不知祝英台是女生，但也对她十分倾慕。

几个月后，梁山伯前往祝家拜访，结果令他又惊又喜。原来，这时他见到的祝英台，已不再是那个清秀的小书生，而是一位年轻美貌的大姑娘。再见的那一刻，他们都明白了彼此之间的感情，早已是心心相印。

此后，梁山伯请人到祝家去求亲。可祝员外哪会看得上这穷书生呢，他早已把女儿许配给了有钱人家的少爷马公子。梁山伯顿觉万念俱灰，一病不起，没多久就死去了。

「专家解疑」
万念俱灰：一切想法、打算都破灭了，形容失意或受到沉重打击后极端灰心失望的情。

听到梁山伯去世的消息，一直在与父母抗争，反对包办婚姻的祝英台反而突然变得异常镇静。她套上红衣红裙，走进了迎亲的花轿。

迎亲的队伍一路敲锣打鼓，好不热闹。路过梁山伯的坟前时，忽然间飞沙走石，轿夫们大惊失色，不得不停了下来。只见祝英

台走出轿来，脱去红装，一身素服，缓缓地走到坟前，跪下来放声大哭，霎时间风雨飘摇，雷声大作，“轰”的一声，坟墓裂开了，祝英台似乎又见到了她的梁兄那温柔的面庞，她微笑着纵身跳了进去。接着又是一声巨响，坟墓合上了。

这时风消云散，雨过天晴，各种野花在风中轻柔地摇曳，一对美丽的蝴蝶从坟头飞出来，在阳光下自由地翩翩起舞。

「好词好句」
风雨飘摇
往来如织
*祝英台似乎又见到了她的梁兄那温柔的面庞，她微笑着纵身跳了进去。

「名师点拨」
此句给读者以想象的空间，是整篇文章的传神之笔，后世常说蝴蝶是梁山伯和祝英台的化身，缘由即在此处。

智慧启迪

感情不可勉强，父母强行包办婚姻只会让事情越演越烈，甚至酿成悲剧。

白蛇传

清明时分，西湖岸边花红柳绿，断桥上面游人往来如织，真是一幅春光明媚的美丽画面。突然，从西湖底悄悄升上来两个如花似玉的姑娘，怎么回事？人怎么会从水里升出来呢？原来，她们是两条修炼成了人形的蛇精，虽然如此，但她们并无害人之心，只因羡慕世间的多彩人生，才一个化名叫白素贞，一个化名叫小青，来到西湖边游玩。

偏偏老天爷忽然发起脾气来，霎时间下起了倾盆大雨，白素贞和小青被淋得无处藏身，正发愁呢，只觉头顶多了一把伞，转身一看，只见一位温文尔雅、白净秀气的年轻书生撑着伞在为她

「专家解疑」
越演越烈：（事情、情况）变得越来越严重。
温文尔雅：态度温和，举止文雅。

们遮雨。

「好词好句」
红火
亲切
*白素贞和这小书生四目相交，都不约而同地红了脸，相互产生了爱慕之情。

白素贞和这小书生四目相交，都不约而同地红了脸，相互产生了爱慕之情。小青看在眼里，忙说：“多谢！请问客官尊姓大名。”

那小书生道：“我叫许仙，就住在这断桥边。”白素贞和小青也赶忙作了自我介绍。从此，他们三人常常见面，白素贞和许仙的感情越来越好，过了不久，他们就结为夫妻，并开了一间“保和堂”药店，小日子过得可美了！

「专家解疑」
疑（yí）难：属性词。有疑问而难于判断或处理的。

由于“保和堂”治好了很多疑难病症，而且给穷人看病配药还分文不收，所以药店的生意越来越红火，远近来找白素贞治病的人越来越多，人们将白素贞亲切地称为白娘子。

「智慧引路」
关于白娘子和法海之间的恩怨，自来众说纷纭，小朋友随着阅读量的扩大，肯定会遇到不同的见解和说法，请自己注意甄辨。

可是，“保和堂”的兴隆、许仙和白娘子的幸福生活却惹恼了一个人，谁呢？那就是金山寺的法海和尚。*因为人们的病都被白娘子治好了，到金山寺烧香求菩萨的人就少多了，香火不旺，法海和尚自然就高兴不起来了。*这天，他又来到“保和堂”前，看到白娘子正在给人治病，不禁心内妒火中烧，再定睛一瞧，哎呀！原来这白娘子不是凡人，而是条白蛇变的！

法海虽有点小法术，但他的心术却不正。看出了白娘子的身份后，他就整日想拆散许仙白娘子夫妇、搞垮“保和堂”。于是，他偷偷把许仙叫到寺中，对他说：“你娘子是蛇精变的，你快点和她分手吧，不然，她会吃掉你的！”

许仙一听，非常气愤，他想：我娘子心地善良，对我的情意比海还深。就算她是蛇精，也不会害我，何况她如今已有了身孕，我怎能离弃她呢！法海见许仙不上他的当，恼羞成怒，便把许仙关在了寺里。

“保和堂”里，白娘子正焦急地等待许仙回来。一天、两天，左等、右等，白娘子心急如焚。终于打听到原来许仙被金山寺的法海和尚给“留”住了，白娘子赶紧带着小青来到金山寺，苦苦哀求，请法海放回许仙。法海见了白娘子，一阵冷笑，说道：“大胆妖蛇，我劝你还是快点离开人间，否则别怪我不客气了！”

白娘子见法海拒不放人，无奈，只得拔下头上的金钗，迎风一摇，掀起滔滔大浪，向金山寺直逼过去。法海眼见水漫金山寺，连忙脱下袈裟，变成一道长堤，拦在寺门外。大水涨一尺，长堤就高一尺，大水涨一丈，长堤就高一丈，任凭波浪再大，也漫不过去。再加上白娘子有孕在身，实在斗不过法海，后来，法海使出欺诈的手法，将白娘子收进金钵，压在了雷峰塔下，把许仙和白娘子这对恩爱夫妻活生生地拆散了。

小青逃离金山寺后，数十载深山练功，最终打败了法海，将他逼进了螃蟹腹中，救出了白娘子，从此，她和许仙以及他们的孩子幸福地生活在一起，再也没有分离。

「专家解疑」

恼羞成怒：由于羞愧和恼恨而发怒。

人间：人类社会；世间。

「哲理名言」

大水涨一尺，长堤就高一尺，大水涨一丈，长堤就高一丈，任凭波浪再大，也漫不过去。

智慧启迪

观众看《白蛇传》戏曲时曾数度情不自禁地落泪，对小青的抗争精神表示高度赞赏。

名家品评

对神话和传说故事的学习，不仅可以使小朋友们了解流传万代的经典名著，扩大阅读视野；还可以使小朋友们从中学习作者的写作技巧，感受文字和语句的美妙；更可以使小朋友们从祝英台、小青等一些主人公身上学习坚定不移的抗争精神，从小培养坚强的性格，为以后的人生奠定一种无形的坚实基础。

阅读思考

1.《红狐曲》中，红衣童子为什么会毁家灭族？

2. 嫦娥为什么要背着后羿吞药成仙？

3. 请简要地分析一下梁山伯的人物性格。

第二章

圣贤先哲

上一章我们了解了一些脍炙人口的古典神话，小朋友们要想对这些动人故事作更深的探究，尚需进一步扩充阅读量。在本章中我们将要学习一些圣贤先哲们为人处世的态度，吸取他人的长处补己之短，完善自己的人生。大禹为什么会三过家门而不入？田单是如何摆出火牛阵的？红拂夜奔到底是怎么回事？这些都是我们在本章中将要思考的问题。

大禹取《水经》

苏州城里，小桥流水，四通八达，是个水乡城郭。若问苏州怎么会有这么多的水港，还要从大禹治水说起。

过去太湖一带，年年闹水灾，大水冲掉了房屋，吞掉了田地。黎民百姓被洪水害得家破人亡，流离失所。

有一年，大禹带了两个徒弟，赶来帮老百姓治水。他们一到此地，只见到处白茫茫一片，老百姓都挤在山头上、土墩上，受

「专家解疑」

流离失所：到处流浪，没有安身的地方。

「智慧引路」为治水患，解救苍生，大禹立下雄心壮志，至死不渝。古往今来，凡成大业者必有坚定的信念和过人的毅力。

冻挨饿，大的哭小的喊。大禹看在眼里，心里很难过，便暗地里下了决心：*水害叫人吃尽了苦头，不治好水患，我决不离开这里，哪怕是到死也不回家。*

日子过得很快，一年过去了，洪水还是经常泛滥；两年快到了，洪水也不见退去。大禹费尽心思，人一天天瘦了。急得他东奔西走，想方设法，南来北往地看地形，摸水路，寻找对策。

半月前，他的两个徒弟，又被洪水冲散了，只剩下他一人了。

有一天，大禹走得又饥又累，正坐在山脚下的一块石头上歇脚，从褡裢里掏出两块硬邦邦的麦饼正准备吃，

突然随风飘来一声有气无力的叹息："唉，天哪，我都快饿死啦！"大禹循声一看，只见前面的石头上倒卧着一个白发苍苍的老公公，穿着半截红、半截黑的衣裳，双眼紧闭，奄奄一息。

大禹见到这种情景，心里明白：洪水吞没了农田，这老公公无家可归，唉，洪水是祸首！他再一想：我是专门为治洪水而来的，治不了洪水我就是犯罪呀！他望着老公公，觉得很惭愧，忙把仅剩的一块麦饼拿出来，送到老人面前说："老人家，先充充饥吧！"

老人吃了饼，打起了精神，恳求说："我老汉有件事，想请你出出主意。"见对方点头，便说："黄鼠狼钻在鸡窝里，这时该怎么办？"

大禹想了一想回答说："为了不让更多的鸡再丢掉性命，应该关好鸡窝，将黄鼠狼捉住！"

老人听了哈哈大笑："高见，高见，生灵有命！"说着，把一块麦饼一口吞下，又说："吃你一口饼，助你三卷经，快进林屋洞，取书见分明。"

大禹听了觉得老人有些蹊跷，正想问问详细，忽然眼前白光一闪，再看老人，已经无影无踪了。但老人刚刚吞下肚里的那块饼，却又出现在石头上。拾起来一看，奇怪！麦饼变成了一块闪闪发光的白玉。大禹惊奇不止，反复捉摸着这块美玉，只见两面都刻着几行弯弯曲曲的字。左认右辨，好不容易才认了出来。一面写的是："疏之导之，百川归海。"另一面写的是："精诚所至，

「好词好句」
奄奄一息
惭愧
＊大禹听了觉得老人有些蹊跷，正想问问详细，忽然眼前白光一闪，再看老人，已经无影无踪了。

「专家解疑」
高见：高明的见解（多用于称对方的见解）。

「哲理名言」
精诚所至，金石为开。

金石为开。”大禹这时才明白，是神仙给他指点迷津来啦！于是，他日夜赶路奔向林屋山，去取《水经》。

「好词好句」
百折不挠
费尽心思
＊只好像在大海里捞绣花针一样，跋山涉水，到处打听，披星戴月，日夜兼程，他的一双腿肿得老粗；一双脚板上，血泡比鸡蛋还要大。

林屋山在哪里呢？《水经》又在哪里呢？大禹不知，只好像在大海里捞绣花针一样，跋山涉水，到处打听，披星戴月，日夜兼程，他的两条腿肿得老粗；一双脚板上，血泡比鸡蛋还要大。他百折不挠，踏遍了南方所有的丘陵、群峰，寻找了足足七七四十九天，干粮吃完了，水也喝光了，恰巧走到了他自己家门前。家里的狗在汪汪叫，好像是在欢迎他；家里的饭大概已经做好了，饭菜的香味一阵阵吹进他这个饿汉的鼻子里。可是，大禹没有进门，硬着头皮又继续赶路去了。*两个失散的徒弟已经回家了，听说师父过家门不入，就追赶了上去，决心终身跟着师父去治水。*

「智慧引路」
正是因为大禹有过家门不入的顽强精神，所以才能够治水成功，事实上，不光是治水，做任何事情都应当具有锲而不舍的精神。

大禹师徒三人费尽心思，终于找到了那座山，而且寻到了一个山洞。洞口黑漆漆的，深不可测。大禹决定下去一探究竟，对徒弟说：“我若有去无回，那么治水的大事就落在你们的肩上啦！”两个徒弟争着要下去，大禹说：“我是老骨头了，即使死了，还有你们俩可以接替我继续治水，而且还可以多治几十年呢！”

不管师父怎么说，两个徒弟坚决要跟师父同去，于是，师徒仨人摸索着朝前走，约莫走了一千步，在黑暗的洞穴里发现了一个亮点；朝着亮处走，越走亮光越大。

「专家解疑」
张牙舞爪：形容猖狂凶恶的样子。

一路上，布满了奇奇怪怪的石头：有的像马，有的像牛，有的四不像，都是张牙舞爪的。大禹全没放在心上，沿着七曲八弯的狭窄小路，走走爬爬，爬爬走走，三个人跌倒爬起，爬起跌倒，直走得筋疲力尽，好不容易才到了洞底。谁知那一点儿亮光消失了，面前是一个又高又陡的石壁，分明是白吃苦了！两个徒弟沉不住气了，只是唉声叹气；大禹很沉着，洞里虽然一片漆黑，他耐心地用手摸，摸啊摸啊，他发现石壁上有两扇紧闭着的石门，门上悬着一具大石锁。若不砸开这具石锁，连蚊子也飞不进去。

正当他犯愁的时候，忽然眼前一亮，原来是挂在胸前的那块麦饼变成的美玉，银光闪闪。大禹有主意了，立刻把美玉当作钥匙，往锁眼里一塞，“吱吱、咯咯”，石门顿时发出响声，两扇门渐渐地敞开来了。

啊，石门内还有一间高大的石屋，屋外一边有一座白玉八角亭，周围是金光锃亮的栏杆，好看极了。亭子当中有一张白玉圆桌，桌边设有三个石凳，桌上放着一个小小的包袱。

大禹紧走几步，解开包袱一看，里面有三卷书，书上写的是甲骨文，有两个醒目大字：“水经”。打开头一卷的第一页，上面横七竖八都是河道图；第二卷上全是七高八低的山岭图；第三卷上写满了密密麻麻的文字，字体弯弯曲曲，怎么也看不懂是什么意思。

大禹正在凝神看书，忽然听得“哞哞”一声吼叫，声音刚落，从石亭边的水潭里，蹿出一只双角怪兽，张着血盆大口，向大禹大吼一声，接着就扑了过来。大禹慌乱之中，抓起那块美玉，用力朝那怪兽掷去，说也奇怪，那怪物竟一口接住了那块美玉，一

「好词好句」
筋疲力尽
密密麻麻
＊亭子当中有一只白玉圆桌，桌边设有三张石凳，桌上放着一个小小的包袱。

「名师点拨」
作者留下的悬念至此方解，美玉的用途读者至此方知。悬念不仅可以使整篇文章更加紧凑，更能引人入胜。

「专家解疑」
河道：河流的路线，通常指能通航的河。
慌乱（luàn）：慌张而混乱。

下子吞了下去。接着怪兽就朝大禹点头摆尾，好像是表示“谢谢”的意思。之后，那怪兽又朝地上一趴，做出要驮人的架势。

大禹胆大，领着徒弟就骑到怪兽背上，刚刚坐好，那怪兽就扬起四蹄飞奔起来。大禹被那怪兽一直送到了天台山，遇到了一位白发苍苍的老人，老人把《水经》一字一句地解释给大禹听，大禹开了窍，明白了要根治水患，一定要疏蓄兼备。所以他不仅造了一个太湖，还劝人们动手挖河。*他认为水要引导，不导不能入海。*苏州的地势低，原本就是一个锅底，为了这个锅底能保平安，大禹为苏州人出主意，多开“百脚”河道。这样，既利庄稼兴旺，又能防旱防涝。人们很信任大禹，大家动手，在如今苏州城的位置上，开挖了千百条大大小小的河道。

据说：大禹取《水经》的林屋洞，就在苏州的洞庭西山。

「好词好句」
架势
兴旺
＊大禹胆大，领着徒弟都骑到怪兽背上，刚刚坐好，那怪兽就扬起四蹄飞奔起来。
＊人们很信任大禹，大家动手，在如今苏州城的位置上，开挖了千百条大大小小的河道。

「智慧引路」
水要引导，不导不能入海；人要劝教，不教不能成才。

智慧启迪

得道多助，众望所归。为大众谋求福利，自然很容易就能得到大众的广泛支持。

田单的火牛阵

乐毅出兵半年，接连攻下齐国七十多座城池。最后只剩了莒城（今山东莒县）和即墨（今山东平度市东南）两个地方。莒城

「专家解疑」
城池(chí)：城墙和护城河，借指城市。

的齐国大夫立齐王儿子为新王，就是齐襄王。乐毅派兵进攻即墨，即墨的守城大夫出去抵抗，在战斗中受伤死了。

即墨城里没有守将，差点儿乱了起来。这时候，即墨城里有一个齐王的远房亲戚，叫作田单，是带过兵的。大家就公推他做将军，带领大家守城。

田单跟兵士们同甘共苦，还把本族人和自己的家属都编在队伍里，抵抗燕兵。即墨人都很钦佩他，守城的兵士们士气高涨起来了。

乐毅把莒城和即墨围困了三年，没有攻下来。燕国有人妒忌乐毅，在燕昭王面前说：乐毅能在半年之内打下七十多座城，为什么费了三年还攻不下这两座城呢？并不是他没有这个能耐，而是想收服齐国人的心，等齐国人归顺了他，他自己当齐王。

燕昭王非常信任乐毅。他说：“乐毅的功劳大得没法说，就是他真的做了齐王，也是完全应该的。你们怎么能说他的坏话！”

燕昭王还真的打发使者到临淄去见乐毅，封乐毅为齐王。

乐毅十分感激燕昭王，但宁死也不肯接受封王的命令。

这样一来，乐毅的威信反而更高了。

又过了两年，燕昭王死了。太子即位，就是燕惠王。田单一听到这个消息，认为是个好机会，暗中派人到燕国去散布谣言，说乐毅本来早就当上齐王了。为了讨先王（指燕昭王）的好，才没接受称号。如今新王即位，乐毅就要留在齐国做王了。要是燕国另派一个大将来，一定能攻下莒城和即墨。

燕惠王本来跟乐毅有疙瘩，听了这个谣言，就决定派大将骑

「好词好句」

钦佩

归顺

＊乐毅派兵进攻即墨，即墨的守城大夫出去抵抗，在战斗中受伤死了。

「智慧引路」

将自己的家属编入战斗队伍，不因自己是高官而享受特权，这种无私的做法不仅可以稳定军心，还能鼓舞士气。

「专家解疑」

疙(gē)瘩：①皮肤上突起的或肌肉上结成的硬块。②小球形或块状的东西。也作纥縍。③比喻不易解决的问题。④用于球形或块状的东西。⑤麻烦；别扭。

劫到齐国去代替乐毅。乐毅本来是赵国人，就回到赵国去了。

骑劫当了大将，接管了乐毅的军队。燕军的将士都不服气，可大伙儿敢怒而不敢言。

「好词好句」
咬牙切齿
稀奇古怪
*燕军的将士都不服气，可大伙儿敢怒而不敢言。

骑劫下令围攻即墨，围了好几层。可是城里的田单，早已把决战的步骤准备好了。

隔了没几天，燕国兵将听到附近老百姓在谈论。有的说："以前乐将军太好了，抓了俘虏还好好对待，城里人当然不害怕。要是燕国人把俘虏的鼻子都削去，齐国人还敢打仗吗？"

有的说："我的祖宗的坟都在城外，要是燕国军队真的刨起坟来，可怎么办呢？"

这些议论传到骑劫耳朵里。*骑劫就真的把齐国俘虏的鼻子都削去，又叫兵士把齐国城外的坟都刨了。*

「智慧引路」
自古以来的战争中，杀降不祥，聪明的大将都会善待俘虏，利用俘虏为自己效力。骑劫割去俘虏的鼻子，引起恐慌和动乱，正好遂了敌人的心意。

即墨城里的人听说燕国的军队这样虐待俘虏，全都气愤极了。他们还在城头上瞧见燕国的兵士刨他们的祖坟，恨得咬牙切齿，纷纷向田单请求，要跟燕国人拼个死活。

田单还打发几个人装作即墨的富翁，偷偷地给骑劫送去金银财宝，说："城里的粮食已经快吃完了，不出几天就要投降。贵国大军进城的时候，请将军保全我们一家老小。"

骑劫高兴地接受了财物，满口答应。

这样一来，燕军只等着即墨人投降，认为不用再打仗了。

「专家解疑」
投降（xiáng）：停止对抗，向对方屈服。

田单挑选了一千多头牛，把它们打扮起来。牛身上披着一块被面，上面画着大红大绿、稀奇古怪的花样。牛角上捆着两把尖刀，尾巴上系着一捆浸透了油的苇束。

一天午夜，田单下令凿开十几处城墙，把牛队赶到城外，在牛尾巴上点上了火。牛尾巴一烧着，一千多头牛被烧得牛性子发作起来，朝着燕军兵营方向猛冲过去。齐军的五千名“敢死队”拿着大刀长矛，紧跟着牛队，冲杀上去。

「专家解疑」敢死队：为完成最艰巨、最危险的任务由不怕死的人组成的队伍。

城里，无数的老百姓都一起来到城头，拿着铜壶、铜盆，拼命地敲打起来。

一时间，一阵震天动地的呐喊声夹杂着鼓声、铜器声，惊醒了睡梦中的燕国人。大伙儿睡眼蒙眬，只见火光炫耀，成百上千个脑袋上长着刀的怪兽，已经冲过来了。许多士兵吓得腿都软了，哪儿还想抵抗呢？

「好词好句」
狂奔乱窜
不计其数
*一阵震天动地的呐喊声夹杂着鼓声、铜器声，惊醒了睡梦中的燕国人。大伙儿睡眼蒙眬，只见火光炫耀，成百上千个脑袋上长着刀的怪兽，已经冲过来了。

别说那一千多头牛角上捆的刀扎死了多少人，那五千名敢死队砍死了多少人，就是燕国军队自己狂奔乱窜，被踩死的也不计其数。

燕将骑劫坐着战车，想杀出一条活路，哪儿冲得出去，结果被齐兵围住，丢了性命。

齐军乘胜反攻。整个齐国都轰动起来了，那些被燕国占领的地方的将士百姓，都纷纷起兵，杀了燕国的守将，迎接田单。田单的军队打到哪儿，哪儿的百姓就群起响应。*不到几个月工夫就收复了被燕国和秦、赵、韩、魏四国占领的七十多座城。*

「智慧引路」田单之所以能够取胜，与他之前所做的准备工作是分不开的，我们做任何事情之前都应当未雨绸缪。

田单把齐襄王从莒城迎回临淄，齐国才从几乎亡国的境地中恢复过来。

智慧启迪

反间计是一把“软兵刃”，杀人不见血。对于外界传来下属的不良消息，作为领导，一定要详加斟酌，多方取证，切不可糊里糊涂地自毁长城。

活命柳与黄马褂

康熙年间，河南伊阳县的柳百葵，称得上是一位奇人。他不仅文武双全、医术极高，而且还有一件御赐的黄马褂。这东西可非同一般，只要往身上一披，就如同皇帝亲临，大小官员谁都害怕。

柳百葵小时候饱读诗书，异常机灵。七岁那年，有客人来访，刁难其父，出了上联：嵩山不墨千秋画。没等大人们开口，他就笑嘻嘻地对道：“伊水无弦万古琴。”当时，满座皆惊：嵩山在村后，伊水在村前，这一联可谓工整至极。

*但过于聪明的人，往往狂傲不羁，柳百葵也不例外。*上京赶考时，他与一些知名举人同行，一路上言语辛辣，不是讽刺张三，就是讥笑李四。大家虽面红耳赤无言以对，却都在心里暗暗恨他。

大考之后，还没有出榜，柳百葵又坐不住了，一时兴起，就买来一条横幅，大笔一挥，写上五个大字：翰林柳百葵，并高高地挂在自己租住的房前。那些与他同行而来的举人，很是看不惯，

「专家解疑」
康熙（xī）：清圣祖（爱新觉罗·玄烨）年号（公元1662~1722）。

「好词好句」
文武双全
满座皆惊
*嵩山不墨千秋画；伊水无弦万古琴。

「智慧引路」
谦虚使人进步，骄傲使人落后，柳百葵后来命运坎坷，都是因为他目中无人所致，小朋友当引以为戒。

「专家解疑」
讥讽（fěng）：用旁敲侧击或尖刻的话指责或嘲笑对方的错误、缺点或某种表现。

「智慧引路」
柳百葵没有高中，不是因为其文才不佳，而是因为他品行狂傲，在无意之中树立了很多敌人。小朋友要谦虚谨慎，不要学习柳百葵恃才傲物。

「好词好句」
精妙
喝彩
*这三声是由内气所出，直震得树叶哗啦啦抖个不停，响彻十里之遥。

「名师点拨」
为后文柳百葵为何要向皇帝讨黄马褂埋下伏笔。

就跑到主考官那里讥讽他。

主考官亲自去瞧了瞧，心想：我还没阅卷呢，他怎能这样！后来，成绩一出，柳百葵真的中了翰林！但主考官讨厌他的狂妄，就故意将他的排名调到后面，取为一般进士及第。

金榜出来了，*柳百葵见自己不是翰林，知道是受了不公，一怒之下，竟辞了官，游荡四海。那时，他心境已大不如前，郁闷至极。*

这天，他来到一个镇子，适逢庙会，人们都拥挤着想看两台大戏的比拼！眼见东边这台戏要输，柳百葵又忍不住想玩玩儿，就跑到后台，对老板道："若是我上场，可胜此局。"

老板连连作揖："谢先生救我！"

柳百葵简单化过妆，大叫三声，缓步走出。这三声是由内气所出，直震得树叶哗啦啦抖个不停，响彻十里之遥。西边的看客，呼啦一下全到了这边。柳百葵练起武把式，闪、展、腾、挪，身轻如燕，掌拳交加，招招精妙。末了，只见他气沉丹田，又一声大喊，脑后的长辫竟如钢枪般直直竖起，生生插进旁边的木柱里。大伙从未见过这样的好戏，叫好声喝彩声如雷，久久不绝。

戏后，百姓们拥过来，争看他的真面目。他赢得了大伙儿的认可，却并没有像名角那样红遍大江南北。相反，却为家乡的父老所不能容忍，族长扬言："这丢脸的家伙，死后不得葬入祖坟！"那时候，人们觉得唱戏是下三滥的事情。

柳百葵在家里待不下去，暗想：古人说，大丈夫不为贤相，也当为良医，我何不一试呢？他收拾了两大筐医书，带上一个书童，就跑到嵩山深处，细细研读去了。

「名师点拨」正是因为柳百葵研读药典，才有了下文中三年后“活命柳”的故事，作者这句话为后文埋下伏笔。

三年后，洛阳城里突然出现一个郎中，虽披头散发，却医术精湛，每每药到病除。有一次，知府得了重病，眼看活不了了，棺木都备好了，单等死后装殓。碰巧那疯郎中路过，问道：“用了什么药？”拿过方子一看，又笑道：“要是我，也用这些药啊。”他没有加减任何药，只是改动了一下剂量，交给管家道：“没事，吃完就好！”仅仅灌进两服药，知府就痊愈了。自此，这疯郎中声名大振，人们都敬重地称他为“活命柳”。因为大家从他身后那个童子认出，他就是柳百葵。

活命柳行医不看高低，谁叫都去。富户人家，他总多要些钱。若遇穷苦人，他分文不取，而且还赠以银两。有一年，流行瘟疫，汴梁尤其严重，病死者不计其数。柳百葵听说之后，连夜赶去，详察病情后，认为须用寒凉之药。第二天，他就请人当街立起一口锅，煎煮药粥，分给人家喝，救活了很多人。当人们要感谢他时，他早已不知去向。

「专家解疑」分文不取(qǔ)：一个钱也不要（多指应得的报酬或应收的费用）。

柳百葵对医学很着迷，凡是疑难杂症，他都想看看，哪怕是没有报酬。一天，他听说娘娘患上了一种奇怪的病症，就跃跃欲试。大伙知道，这种事弄不好是要被杀头的，都劝他别去。可是，活命柳又一次使了性子，到了京城，揭下皇榜。

「好词好句」
奇怪
跃跃欲试
*可是，活命柳又一次使了性子，到了京城，揭下皇榜。

皇上大喜，立即请他进宫，说道：“卿如能医好娘娘的病，要什么朕便给什么。”

「名师点拨」正是因为不能按照平常疗法对娘娘进行治疗，所以才有了下文中匪夷所思的治疗方法，展现出了柳百葵的高明之处。

「智慧引路」作者通过寝宫内的安静和柳百葵的表情来侧面描写了娘娘病情的严重，为柳百葵医术的精湛作铺垫。

「专家解疑」寝食：睡觉和吃饭，泛指日常生活。

「好词好句」
均匀
尖叫
*等娘娘坐好离开之后，他才进来对着椅子上娘娘留下的屁股印痕，仔细研究起来。

柳百葵只求快些瞧病。一个老太医低声道：“这是娘娘，不是平民，凤体岂是我等能看的？”这一下，活命柳蒙了，看病看病，不看如何治？

皇上有些不高兴，沉脸道：“卿是神医，可悬丝诊脉。”

于是，找来一根细线，一头系在娘娘的手腕上，远远牵到外面，柳百葵就用指肚按住另一头，闭眼诊起脉象来。

*四周静得出奇，可以听到每个人的呼吸声！活命柳额头冒出汗珠，面色一会儿凝重，一会儿舒展，一会儿又阴沉得可怕……不知过了多久，他突然跪在皇上面前，*道：“臣知娘娘必是偶遇风热，又遭湿气下注，可以治，只是……”

皇上心里一震，果然是神医！娘娘这个怪病，正是在下阴私处，长了一个毒疖，天天疼痒难忍，以致寝食难安，行走不得。

“卿只管说。”皇上笑道。

柳百葵已略知娘娘病根，又见皇上神情，更坚定了自己的推断没有错。他不敢再提看病，只是说：“臣有一把椅子，务请娘娘赤身一坐。”

皇上恩准。

活命柳搬过椅子，均匀地撒上一层薄粉，就出去了。等娘娘坐好离开之后，他才进来对着椅子上娘娘留下的屁股印痕，仔细研究起来。

直到下午，他又请娘娘照上次的印儿，再坐一下。娘娘按他说的，刚刚坐下，就尖叫一声晕死过去了。原来，娘娘的病必须得做手术，但为难的是，连看一下都不行，活命柳如何能够执刀？没有办法，他只有先通过椅子上娘娘坐过的痕迹，看准病症所在，再在椅子上暗置一把小小手术刀，周围铺上止血、消毒、愈合的药粉，如果娘娘真按原印儿坐下了，就等于做了手术。当然，这样风险很大，要是娘娘坐偏了，可就惨了。

这时，宫女们很紧张，忙抬起娘娘进了后室。外面待命的大臣们也都吓得不敢出气。皇上又惊又恼，吼道：“快将这庸医拉出去，斩了！”柳百葵不顾一切，冲进屋里，对皇上说道：“稍等一会儿，若不能药到病除，臣死而无怨。”

一炷香的工夫，娘娘慢慢醒来，感觉浑身轻松许多，下面也不再痒疼。她小声说道：“没事了。”皇上大悦，长出了一口气，又安慰娘娘几句，就出来召见柳百葵。

“朕说过，你要什么都行。”

柳百葵长跪不语。

“要不，卿就做官吧，永远跟着朕。”

柳百葵道：“臣懒散成性，怕有辱圣恩。”

皇上知道他无意仕途，又道：“钱财呢，卿只管开口。”

活命柳依然长跪不语。

皇上笑道：“卿莫非想要朕封你吗？”

柳百葵道：“臣只想要一件东西，就怕陛下不肯给。”

“说吧，朕答应你。”

“臣，”柳百葵道，“求陛下赏赐一件衣服，许臣随意穿。”

「好词好句」
为难
痕迹
* 一炷香的工夫，娘娘慢慢醒来，感觉浑身轻松许多，下面也不再痒疼。

「专家解疑」
药到病除(chú)：①一用药病就好了，形容药物灵验或医术高明。②比喻处置得当，问题迅速得到解决。
仕途：指做官的道路。

「名师点拨」
这句话照应文章开头柳百葵有御赐黄马褂的叙述，道出了他黄马褂得来的过程，使故事的结构更加严谨。

皇上一愣，继而又笑道："好吧。来人，赐柳百葵龙衣黄马褂一件。"

活命柳大喜过望，连忙谢恩，接了黄马褂，又行三拜九叩之礼，小步跑出皇宫，继续云游去了。

「好词好句」
风采
苦不堪言
*活命柳大喜过望，连忙谢恩，接了黄马褂，又行三拜九叩之礼，小步跑出皇宫，继续云游去了。

其实，柳百葵之所以非要黄马褂，主要是想在父老面前挽回点面子，证明自己没给族人丢脸。晚年，他回到故乡，大家得知他受了封赏，纷纷送来贺礼，以示亲近，实际上，是想一睹黄马褂的风采，但都被他一一回绝了。

他把这件黄马褂当成了宝贝，平生就穿过两次。一次是为了惩治酷吏，他穿在身上，逼着那个县官跪了整整一天，又当街爬了一大圈。还有一次，是伊水河发了洪水，百姓们家毁人亡，苦不堪言，他拿出黄马褂，往水里一扔，怒道："还不退去！"水果然渐渐小了……

活命柳的美名，响彻了大河上下，族长早已收回了以前说过的话，恳请他百年之后一定葬入祖坟，但他只是摇摇头，叹道："不必了。"

「智慧引路」
封建、守旧的老族长本就让恃才傲物的柳百葵看不起，现在又见风转舵，更为柳百葵所轻视。

现在，伊河岸边就有他的坟墓，但并没有与柳家祖坟相连，而是孤单单地立在一边。听说，"文革"期间，有人弄开了他的墓，看见了那件黄马褂，只是时间太久，又不懂得保护方法，一遇到风，黄马褂就化成了一片片的飞灰。

智慧启迪

个性要强之人大多有过人之处，只有合理应用自己的聪明才智，才能避开不必要的坎坷。

牛金星测字

话说闯王李自成兵围北京，大明江山岌岌可危，崇祯皇帝虽知大势已去，终不肯束手就擒，依仗北京城高壕深，坚守不出，以待救援。

闯王义军攻城不克，损失惨重，军师牛金星献计，让闯王设法动摇崇祯皇帝坚守孤城的决心。他附在闯王耳边，如此这般说了一通，闯王听了连连点头。

第二天，牛金星乔装扮成一位测字老先生，混入北京城内，在皇宫附近，摆下测字摊，一幅白布招牌迎风摇摆，上书：“鬼谷为师，管辂是友。”

*原来牛金星深知崇祯皇帝素信天命，*平常喜欢招些江湖术士进宫相面、卜卦。每日早起，必在乾清宫中虔诚拜天，然后上朝。洛阳失守，崇祯叔父被杀，使崇祯皇帝感到“上天弃我，剪灭大明”的“预兆”。牛金星此行，就是要使崇祯皇帝承认，这种“预兆”已经成为无可挽回的事实。

「好词好句」

动摇

虔诚

*话说闯王李自成兵围北京，大明江山岌岌可危，崇祯皇帝虽知大势已去，终不肯束手就擒，依仗北京城高壕深，坚守不出，以待救援。

「智慧引路」

只有知己知彼，才能百战百胜，牛金星正是摸透了崇祯皇帝的脾气，“对症下药”，才会收到后面的奇效。

「好词好句」
兵临城下
寝食不安
*想着，便与王德化嘀咕两句，朝测字摊边的长条凳坐了下去。

「专家解疑」
阿(ē)谀(yú)：迎合别人的意思，说好听的话（含贬义）。

再说崇祯皇帝自闯王兵临城下后，终日寝食不安。这日，带上贴心太监王德化，青衣小帽，溜出皇宫，一来想了解一下民心，二来想了解一下真实军情。

看到牛金星测字摊上的招牌，崇祯皇帝停住了脚步，心想，平日召进宫来的江湖术士，怕我治罪，尽说些阿谀奉承之词，什么“援兵将至，闯贼气数将尽”。今日这测字先生，不明我的身份，想来不敢欺我，我何不测上一字。想着，便与王德化嘀咕两句，朝测字摊边的长条凳坐了下去。

王德化将身凑近牛金星轻声说道：“先生，我家主人想测一字。”

牛金星抬头一看，见王德化年近四十，却脸白无须，且声细如女子，知其为太监，再看看坐在一旁的崇祯皇帝，心里已明白八九分，即刻笑脸相迎问道：“不知客官欲测何事？”

王德化赶忙答道：“我家主人欲测国事。”

牛金星闻言，心中暗喜，顺手拿起桌上的毛笔递到王德化面前说：“需测何字，请客官动笔。”

王德化随手朝招牌一指说：“就测那‘管辂是友’的‘友’字吧。”

牛金星把那“友”字端端正正地写好，左手捧着字，右手拈着须，思索片刻道：“客官若问他事，尚可另当别论；若问国事，恐有些不妙。你看‘友’字这一撇，遮去上部，则成‘反’字，倘照字形而解，恐怕是‘反’要出头。”

崇祯皇帝一听，面色骤变，王德化更是惊得非同小可，赶忙摇手道：“错了，错了，不是这个‘友’字。”

牛金星听罢，慢条斯理地问道：“客官莫非测的是有无之‘有’字？”

王德化看了看崇祯皇帝的脸色，连连点头答道：“对对对，就是这个‘有’字。”

牛金星随即在纸上写下一个“有”字，端详再三，沉吟不语，只是不住摇头。

王德化赶忙催促道：“先生快测，莫要耽搁了我们的工夫。”

牛金星站起来，将身凑近崇祯皇帝与王德化，轻声说道：“若

「好词好句」
明白
端端正正
*客官若问他事，尚可另当别论；若问国事，恐有些不妙。
*崇祯皇帝一听，面色骤变，王德化更是惊得非同小可，赶忙摇手道：“错了，错了，不是这个‘友’字。”

「专家解疑」
慢条斯理：形容动作缓慢，不慌不忙。

「名师点拨」
作者通过描写牛金星的神态，暗示出了这次测字的结果不佳，为后文王德化“吓得冷汗直冒”作铺垫。

是这个‘有’字，恐怕更为不祥。你们看这个‘有’字，上部是‘大’字缺一捺，下部是‘明’字少半边，分明是说，大明江山已去一半。”

「专家解疑」
分明：①清楚。②明明；显然。

王德化一听，只吓得冷汗直冒，连连叫道：“不不不！不是这个‘有’字，不是这个‘有’字！”

说着，抓起桌上的毛笔，*可是，不等他落笔，崇祯皇帝拍案而起，劈手夺过王德化手中的笔，恶狠狠地骂道：“不中用的奴才！”*一边骂着，随手在身边的纸上写下一个申酉戌亥的“酉”字，往牛金星面前一推。

「智慧引路」
作者用几句简单的语言就把崇祯皇帝急躁的性格描写得淋漓尽致，作为一国之君，没有沉稳的气度，却听信迷信之言，这正是他沦为亡国之君的根本原因。

牛金星不慌不忙地将字接过来，凝神沉思，时而愁眉紧锁，倒抽冷气；时而急搓双手，连连顿足。急得崇祯皇帝坐立不安，不断催促。牛金星却无动于衷，两眼低垂，默不一语。

崇祯皇帝着急地问道：“先生因何一言不发？”

牛金星叹了一口气，摇着头说：“此字太恶，在下不便多言。”

崇祯皇帝听罢，心里一凉，仍然硬着头皮道：“测字之人，只求实言，先生不必隐讳。”

「好词好句」
坐立不安
无动于衷
*崇祯皇帝不听则罢，一听此话，只觉得头昏目眩，腿脚发软，若非王德化在一旁搀扶，早已瘫倒在地。

牛金星见催促得紧，看看“火候”已到，便假装神秘地说道：“此话说与客官，切莫外传，看来大明江山，亡在旦夕，万岁爷获罪于天，无所祷也。你看这‘酉’字，乃居‘尊’字之中，上无头，下缺足，分明暗示，至尊者将无头无足矣。”

崇祯皇帝不听则罢，一听此话，只觉得头晕目眩，腿脚发软，若非王德化在一旁搀扶，早已瘫倒在地。两人再也无心去了解民心军情，一路长吁短叹回宫。崇祯皇帝大概是怕闯王真会将他千刀万剐，第二天，便带着王德化，在煤山自缢身亡了。

守卫北京城的官军，听说皇帝已死，顷刻树倒猢狲散，北京城不攻自破，闯王义军也就顺利地开进了北京城。

「好词好句」
长吁短叹
千刀万剐
*守卫北京城的官军，听说皇帝已死，顷刻树倒猢狲散，北京城不攻自破，闯王义军也就顺利地开进了北京城。

智慧启迪

内心怯懦的人为寻求精神上的慰藉，喜欢把希望寄托于鬼神之上，却不愿改变自身，久而久之形成恶性循环，终踏上了失败之路。

李靖与红拂女

红拂，姓张。原是隋大臣杨素的家姬。李靖参谒杨素，她识其英雄才略，私奔相从。途中见虬髯（虬髯，卷曲的胡须）客言行不便，便结为兄弟，终于帮助李靖建功立业。

「专家解疑」
参谒(yè)：①整整衣襟，表示恭敬。②指妇女行礼。也作裣衽。

隋炀帝南下江都，命司空杨素留守西京。杨素一贯娇贵，又因世事纷乱，天下之权重无出其右，对大臣往往倨傲无礼。每次有公卿入见，他都是坐在床上，令美人侍婢罗列周围，连皇帝都不如他的气势。杨素晚年更加过分，不知所负的是扶危持颠的重任。

「名师点拨」
正是因为杨素对人倨傲无礼，所以李靖才会仗义执言，也因此而获得红拂女另眼相看，而成就一段佳话。

布衣李靖向来自负豪气，他进谒杨素，杨素仍旧坐在床上接见。李靖前揖说：“天下方乱，英雄竞起。公是帝室重臣，应以交纳豪杰为上，不应在床上见宾客。”杨素敛容站起，向李靖道歉。李靖谈论时事，风采逼人。当时有一个美姬手执红拂，侍立在杨素的身边，频频注目李靖。

「专家解疑」
敛（liǎn）容：收起笑容；脸色变得严肃。
伉（kàng）俪：夫妻。

李靖告辞而出，红拂姬暗中托门吏打听李靖的住址，李靖据实以告，红拂姬默记而去。

晚上李靖留宿在旅舍，半夜听见敲门声，他起床开门，一个少年手持行囊闯进来，催促李靖赶快闭门。然后少年解开紫色的衣衫，脱下皂色的帽子，竟变成一个十八九岁玉质冰清的绝世丽人。李靖大为惊异，那丽人问：“你还认识我吗？”

「好词好句」
审视
莞尔
＊然后少年解开紫色的衣衫，脱下皂色的帽子，竟变成一个十八九岁玉质冰清的绝世丽人。

李靖审视了良久，说出“杨家”二字。

丽人莞尔一笑说：“妾就是杨家的红拂姬。”说着便敛身下拜，李靖慌忙回礼，问她为何深夜来此。红拂女说：“妾侍奉杨素多年，见过的人不少，今日得见君，姿表绝伦，丝萝不能独自生，愿托乔木，因此深夜来奔。”

「哲理名言」
丝萝不能独自生，愿托乔木。

李靖一听，不由得变色说：“杨司空权重京师，若被他知道，岂不是惹祸？”

「名师点拨」
第一句话描述的原因与第二句话讲述的结果前后相承，这正是李靖能够与红拂女喜结良缘最根本的原因。

红拂女说：“杨素已是尸居余气，有什么可怕的？现在他的侍女多半逃去，他也无心追逐，妾所以敢放胆前来，愿君勿惧！”李靖问她的姓氏，红拂女回答说姓张，排行居长。

李靖邀红拂女共坐，红拂女谈吐俊雅，眉黛风流，好似天上的仙人，李靖心生爱慕，于是与之结成了伉俪。他怕杨素追捕，便与红拂女同赴太原，夜里投宿在灵石旅店。

第二天黎明起来，炉中煮的肉快熟了，李靖正在刷马，红拂女长发委地，在轩窗边梳妆，忽然有一个赤髯如虬的陌生人乘驴来到近前。*他在旅店前下驴，取了枕头躺在地上，看红拂女梳头。*

「智慧引路」
非常之人往往有非常之举，在日常生活中，我们应该学会透过事情的表面看实质，练就一双锐眼。

李靖不禁怒起，但一时又不知怎么做得体，所以仍是刷马。红拂女一手握发，一手摇手阻止李靖。她匆匆梳毕秀发，敛衽向前施礼，问虬髯客的姓名。虬髯客自称张姓，红拂女说："妾也姓张。"虬髯客大喜："今日幸遇一个小妹。"说完跃然而起。红拂女呼李靖过来相见，彼此行过了礼，仨人环坐共饮。

「专家解疑」
敛衽(rèn)：①整整衣襟，表示恭敬。②指妇女行礼。

虬髯客问："煮的是什么肉？"李靖说："羊肉，估计已经熟了。"

虬髯客说："很饿。"李靖买来胡饼。虬髯客抽出腰间的匕首切肉。虬髯客说："我看李郎你穷困潦倒，是怎么得到如此佳丽的？"

李靖说："他人不方便说，不过兄长光明磊落，小弟不妨实告。"于是详述了事情的始末。

虬髯客问："现在你们去什么地方？" 李靖说去太原避祸。

虬髯客略略点头，随手取出一个行囊，笑着对李靖说："我也有下酒物，李郎能否一同吃？"李靖客气了几句，待打开才知道行囊里是一个人头，一副人肝。虬髯客用匕首切好薄片，大嚼而尽，对李靖说："今天有幸与两位相识，承蒙招待，来来……咱们痛饮一番。"说话间又拿出一壶酒来。

「好词好句」
龙表凤姿
疾行如飞
＊看李郎的仪容器宇，不愧为大丈夫，小妹可谓得到佳偶，但不知太原一带，有没有特立独行的人物？

虬髯客又说：“看李郎的仪容器宇，不愧为大丈夫，小妹可谓得到佳偶，但不知太原一带，有没有特立独行的人物？”

李靖回答说：“有一个人与李靖同姓，年仅二十，龙表凤姿，非常人可及。”

虬髯客问：“此人现在做什么事？”李靖说是将门子弟。虬髯客点头说：“是了是了。李郎可否为我引见？”

李靖说：“小弟的友人刘文静，与他交情不错，可托文静作一介绍，但不知兄长何故定要一见？”

「专家解疑」
琐(suǒ)事：细小零碎的事情。

虬髯客说：“太原现有奇气，想当应在此人身上，所以我要一见。只是现在还有琐事未办，不便与你们一起走，不知李郎何日可到太原？”李靖计算了日期。虬髯客说：“等至太原再会，李郎可日出时在汾阳桥等我，请不要失约！”李靖一口答应下来。虬髯客乘马远去，疾行如飞，转眼间便不知去向了。

「智慧引路」
成大事者都有非凡的气度，有着出众的魅力，即便是布衣草鞋，也能散发出逼人的风采。虬髯客张仲坚阅人无数，见到李世民的气质与众不同，所以会脸上变色。

李靖与红拂女也动身去太原，在汾阳桥等虬髯客。虬髯客如约而来，见到李靖十分高兴，立即同往刘文静家。虬髯客自称善于相面，愿见一见李公子。刘文静本来很赏识李世民，听到虬髯客善于相术，便遣人邀李世民一叙。

*李世民不穿衣衫，也不穿鞋，神气扬扬，相貌与平常人不同。*虬髯客不禁变色，默然退居末座，仿佛心如死灰，他连饮数杯后与李靖密语说：“这是真天子，我已料定十之八九，只是还有一位道兄，若让他见一面，能料到十成，百无一失了。”李靖将虬髯客的话转告刘文静，刘文静允诺可以再见一次，并约定日期。

「好词好句」
怅然若失
面有难色
* 不久李世民来了，长揖后就座，顾盼不群，满座生风。
* 后面跟着一个少妇，华服雍容，端庄秀丽。

「名师点拨」
前文中，红拂女说杨素“尸居余气”，说的是他已行将就木，时日无多了，与此处“杨素已经死了”形成照应。另一方面，杨素死了之后，李靖等三人才能“放心”入城，这句话向读者暗示出了杨素势力的庞大。

「专家解疑」
豁然：形容开阔或通达。

到了那天，虬髯客引来一位道士，与李靖一同去刘文静家。刘文静正想下棋，便邀请道士入局对弈，又写信邀李世民前来观棋。不久李世民来了，长揖后就座，顾盼不群，满座生风。道士怅然若失，将棋放入匣中说：“此局已全输，不必再弈了。”说完告辞离去。

出来后道士对虬髯客说：“此处已有人在，君不必强图，可别谋他处。”说着便飘然自去。虬髯客与李靖告别：“李郎与小妹还无处栖身，我可为你们筹一处住宅，今日便一起回长安怎么样？”李靖面有难色。虬髯客说：“你难道怕杨素吗？他早已死了。况且有我同行，你还怕什么？”

于是李靖携红拂女与虬髯客返回长安，果然杨素已经死了，便放心入了城。

虬髯客又对李靖说：“今日暂别，明天你可与小妹同去某坊的小宅，我在那里等候。”

第二天早晨，李靖与红拂女如约而至，果然见一小板门，敲门一两下，有人出来相迎。里面**豁然**开朗，室宇异常宏丽，四十个婢女引李靖夫妇进入东厅，厅内陈设着珍奇异宝，巾箱、妆奁、冠镜、首饰的样式非人间所见。虬髯客出来，他戴纱帽穿紫衫，服饰与以前大不相同。后面跟着一个少妇，华服雍容，端庄秀丽。李靖猜测是虬髯客的妻室，便与红拂女上前拜见。

虬髯客格外殷勤，引李靖夫妇步入中堂。四人对坐，有侍役搬入佳肴，并唤出女乐倒酒，在庭中奏曲。盘筵之盛，连王公家也比不上。

喝至酒酣，虬髯客令白发仆人抬出二十具宝箱，陈列在左右。虬髯客指着宝箱对李靖说：“这是我历年积蓄，今天特意赠送你们夫妇。我本想在此建功立业，现在既然遇到李世民，不应再留下。太原李世民三五年内，必得天下。李郎有奇特之才，将来必位极人臣，小妹独具慧眼，得配君子，将来夫荣妻贵，亦可为儿女生色。非小妹不能识李郎，非李郎不能遇小妹，虎啸风生，龙腾云萃，原不是偶然的际遇。李郎应将我所赠，安心建功立业，努力前程，十年后，在东南数千里外，若传有异闻，就是我得意的时候。小妹与李郎，可洒酒相贺。”说到这里，将文簿、钥匙一并交给李靖。虬髯客携妻入内，片刻后即戎装出来，与李靖红拂女拱手告别，出门乘上马，也不多带行囊，只有一个奴仆随着，扬鞭向东而去。

李靖夫妇送虬髯客出门，倏忽已不见踪迹，两人惘然返回，检点箱柜，里面的东西价值连城。内有兵书数箧，李靖趁闲暇阅览，不想颇有所得，因此后来能够料事如神。他住在虬髯客的宅院，成为豪室，资助李世民逐鹿中原，最后取得了天下。

唐太宗贞观年间，东南蛮奏称一个海外客，领千艘海船，十万甲兵，攻入扶余国，杀扶余国主自立。李靖知道虬髯客建成功业，便与红拂女在地上洒酒朝东南方向拜贺。世人称李靖、红拂女、虬髯客为风尘三侠。贞观十五年红拂女薨亡，贞观二十三年，李靖也去世，陪葬在昭陵，时年七十九岁。

「好词好句」
陈列
倏忽
＊李郎有奇特之才，将来必位极人臣，小妹独具慧眼，得配君子，将来夫荣妻贵，亦可为儿女生色。

「哲理名言」
虎啸风生，龙腾云萃，原不是偶然的际遇。

「专家解疑」
逐鹿：①《史记·淮阴侯列传》：“秦失其鹿，天下共逐之。”比喻争夺天下。②泛指争夺、竞争。

唐代杜光庭作《虬髯客传》。明代张凤翼有《红拂记》也记述此事，不过又加进了乐昌公主与徐德言破镜重圆的事迹，显得芜杂。李靖曾撰《李卫公兵法》一书，传说是虬髯客所授。到后来的《封神演义》，李靖演化为托塔天王。李靖南平萧铣，北破突厥，西定吐谷浑，于唐武功第一，在当时便有传闻他精通异术。唐人传奇《李卫公别传》中写李靖代龙王施雨，《隋唐演义》中引用了这个故事。

「专家解疑」芜（wú）杂：杂乱；没有条理。

在《红楼梦》中借林黛玉“悲题五美吟”咏红拂女云：“长揖雄谈态自殊，美人巨眼识穷途。尸居余气杨公幕，岂得羁縻女丈夫。多情公子人笑痴，非是红拂谁能识。相识原在相逢前，娇躯羁縻芳心炽。”红拂女的私奔可谓千古第一人，在她之前或之后即使有也大为逊色。因为唯有那样的夜晚与境遇，那样意气相投的一见如故，顾盼炜如的少年英雄，慷慨悲凉的没落侠士，才配有那样荡气回肠的爱情传奇。

「好词好句」尸居余气 逊色
＊因为唯有那样的夜晚与境遇，那样意气相投的一见如故，顾盼炜如的少年英雄，慷慨悲凉的没落侠士，才配有那样荡气回肠的爱情传奇。

智慧启迪

勇气是成就大业的支柱。红拂如果没有夜奔的勇气，何来流传千秋的爱情佳话？李世民如果没有逐鹿中原的勇气，何来光耀万代的大唐盛世？

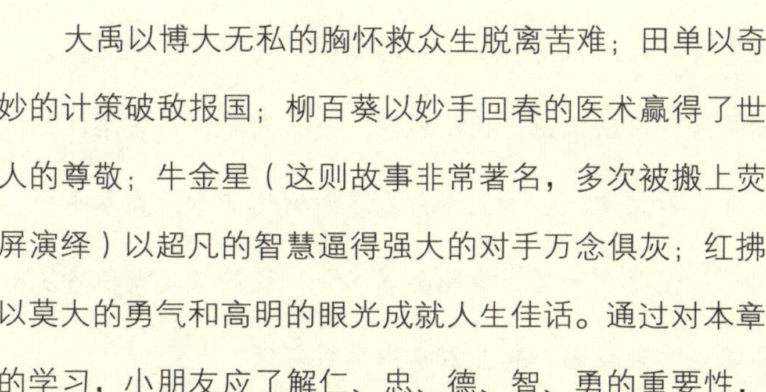

名家品评

大禹以博大无私的胸怀救众生脱离苦难；田单以奇妙的计策破敌报国；柳百葵以妙手回春的医术赢得了世人的尊敬；牛金星（这则故事非常著名，多次被搬上荧屏演绎）以超凡的智慧逼得强大的对手万念俱灰；红拂以莫大的勇气和高明的眼光成就人生佳话。通过对本章的学习，小朋友应了解仁、忠、德、智、勇的重要性，努力使自己成为身兼仁、忠、德、智、勇的人。

阅读思考

1. 大禹为什么要不辞劳苦地“治水”？
2. 田单是怎样用反间计取胜的？
3. 柳百葵为什么要皇上赏赐他黄马褂？

第三章

帝王轶闻

本章中我们将一起走进古代帝王的生活，了解他们的戎马生涯和奇闻轶事。毛泽东诗云："……惜秦皇汉武，略输文采；唐宗宋祖，稍逊风骚。一代天骄，成吉思汗，只识弯弓射大雕……"毛泽东主席所概述的帝王在本章中有哪几位呢？"一文钱难倒英雄汉"，说的又是哪位帝王的轶闻呢？让我们一起在本章中寻找答案。"

「智慧引路」关于隋炀帝杨广开凿大运河之事，史学评论界历来褒贬不一：有的认为是劳民伤财，动摇国本；有的认为是疏运导灌，利在千秋。评论家因站的立场和角度不同而说法各异。小朋友随着知识的丰富，请自己注意甄别。

隋炀帝怒杀芭蕉女

隋炀帝是个荒淫无道的皇帝，为了南游寻欢作乐，就*兴师动众，大动土木，挖了一条大运河*，造了一只大龙船。每年春暖花开，他就坐着龙船顺河南下，浏览两岸风光，寻觅奇花异草。他每次南游，都要找民间美女给他拉纤。更可恨的是正当姐妹们给他用力拉纤之时，他悄悄把纤绳斩断，使得姐妹们猛不防地栽倒，有的竟滚下运河堤，摔进水中，他却站在龙船上拍手大笑。他每次南游，搅得运河两岸的百姓不安，人们恨透了，可是敢怒不敢言，谁也没办法。

运河岸边有个芭蕉园，芭蕉园里住着一个十四五岁的姑娘，她长得秀美漂亮，人们都叫她芭蕉女。这芭蕉女的爹爹给隋炀帝挖运河累死了，姐姐给隋炀帝龙船拉纤掉进河里淹死了。她对隋炀帝恨透了，决心为爹爹和姐姐报仇雪恨，刺杀隋炀帝，为运河两岸的乡亲们除害。

「专家解疑」
秀（xiù）美：清秀美丽。

芭蕉女想，倘若芭蕉开出鲜艳的花，隋炀帝在龙船上看见时，

「专家解疑」
伺（sì）机：窥伺时机。

必然要登岸来到这芭蕉园中，我好伺机行刺。

于是，她采牡丹、采芍药、采月季、采百合，给芭蕉传粉育蕾。也不知是哪种起了效，这一年，芭蕉开出了鲜红的花朵。乡亲们见了，都称是奇花，因为它是芭蕉女育出来的，人们就叫这种花为美人蕉。

芭蕉女望着美人蕉，一心盼着隋炀帝南游的龙船早日到来。

一天，她站在运河岸上北望着，远远地听见鼓乐声传来时，

「好词好句」
锋利
景致
＊隋炀帝越看越迷，越迷越爱看，东瞧瞧，西望望，信步向园中走去。

赶忙准备，把一把磨得锋利的匕首藏在一棵又肥又鲜的美人蕉中，然后身穿绿，头戴红，打扮得如芙蓉出水，站在岸上，单等着龙船到来。

隋炀帝站在龙船上，观望着运河两岸的景致，当他看到芭蕉园红花鲜艳，岸边又站着个俊俏的美人时，动了心，忙让龙船靠岸，要登岸赏花。芭蕉女看龙船靠岸了，忙跪在岸上说道："禀万岁，小民名叫芭蕉女，祖居芭蕉园中。今日万岁南巡之时，棵棵芭蕉竟开出了奇花，想来是托了万岁的洪福。请万岁进园赏花。"

「智慧引路」
一个人是否昏庸在言谈举止之中就能展现出来，杨广的大隋江山为李渊父子所夺，既是他失策所致，更是他丧德而酿成的恶果。

隋炀帝听着，心里像喝了蜂糖茶，笑眯眯地登上岸，叫芭蕉女搀着他进园赏花。隋炀帝越看越迷，越迷越爱看，东瞧瞧，西望望，信步向园中走去。当他走到那棵又肥又鲜的美人蕉跟前时，芭蕉女忽地抓起那把匕首，照着隋炀帝的前心狠狠刺去。

谁知隋炀帝为防人行刺，龙袍内藏有护心镜，锋利的匕首失去威力。隋炀帝受惊动怒，拔出天子宝剑，咬牙切齿，恶狠狠地向芭蕉女刺去。

芭蕉女被刺身亡，热血飞溅，血雨洒在美人蕉花上。虽然芭蕉女行刺没有成功，但她的一腔热血染得美人蕉花更红更艳了。

「专家解疑」
成功：①获得预期的结果（跟“失败”相对，下同）。②指事情的结果令人满意。

智慧启迪

仁者见仁，智者见智。历史上的杨广在七分过错之后，应当还有三分功绩。

赵匡胤打滚

宋朝的开国皇帝赵匡胤，当他还是一员武将的时候，使一条青龙宝棍，打遍天下，真可谓名扬四海、威震八方的好汉。传说这样一条英雄好汉，*曾被一文钱逼得就地打滚儿*。

「智慧引路」
宋太祖赵匡胤因一文钱而出窘，这正是民间俗语“一文钱难倒英雄汉”的出处。

事情是这样的：有一次，赵匡胤领兵打仗，因寡不敌众，吃了败仗。他单枪匹马冲出重围，跑了一段路程，只觉得又饥又渴，肚里咕咕直叫。想弄点什么吃的，又偏偏前不着村，后不靠店。没办法，只好拖着青龙宝棍，没精打采地骑在马上往前走。

「好词好句」
没精打采
精神
＊就在他眼睛发花、恍恍惚惚将要栽下马的时候，突然前面出现一个黑点，定睛一看，像是一个棚子。

他走啊，走啊，走了好远，仍不见一个人影儿。赵匡胤心想：好家伙，难道今天要被饿死不成？就在他眼睛发花、恍恍惚惚将要栽下马的时候，突然前面出现一个黑点，定睛一看，像是一个棚子。于是他打起精神，拍马赶去。

黑点越来越近，果然不错，是一个看瓜的棚子，棚子前边是

一片青绿青绿的西瓜地。满地的大西瓜，使他顿时流出了口水。

他翻身下马，拎着那条青龙宝棍，来到瓜棚旁边，正要开口让拿瓜来时，一摸口袋，竟连一文钱也没有。怎么办呢？继续赶路吧，怕是再也支持不住了；说明没钱吧，又觉得有失自己的身份。

「名师点拨」
内心金钱与饥饿的矛盾交织纠缠，为后文赵匡胤出窘的故事做铺垫。

他在瓜地边转过来，走过去，也没有想出啥好办法来。停了一会儿，他想了一个混账的办法：到瓜棚只管让称瓜吃。吃罢，如果卖瓜人要的价钱贵，就吓唬一顿，骑马便走。

主意拿定，他就三步并作两步进了瓜棚。只见瓜棚下坐着一位胡须雪白、面容慈祥的看瓜老人。赵匡胤粗声粗气地说：“老头子，拿瓜来吃！”

看瓜老人急忙站起来笑着说：“军爷请坐，我去给您挑瓜。”老人说着进地挑了一个大西瓜，抱到赵匡胤面前，说：“军爷，

「好词好句」

粗声粗气

急忙

＊主意拿定，他就三步并作两步进了瓜棚。只见瓜棚下坐着一位胡须雪白、面容慈祥的看瓜老人。

请吃吧！”

赵匡胤虽说饥渴得很，恨不能一口把西瓜吃掉，但又怕卖瓜的瞧不起自己，就强鼓起肚皮说：“我又不白吃你的，怎么不称一称？”老人听他这样说，就过了秤。称罢用刀切开，拱手递到赵匡胤面前。

赵匡胤狼吞虎咽地大吃起来。老人蹲在旁边也不搭话，一边吧嗒吧嗒地抽着旱烟，一边瞧着赵匡胤吃瓜。

「专家解疑」狼吞虎咽：形容吃东西又猛又急。

不一会儿，赵匡胤就把一个十斤重的大西瓜吃了个精光，他用手抹了抹嘴，对着老人瓮声瓮气地说：“这瓜多少钱一斤？”边说边在心里合计：他就是说个公道价钱，也要说他瓜贵，有意讹人，吓唬几句，便扬长而去。

「好词好句」
瓮声瓮气
公道
＊老人蹲在旁边也不搭话，一边吧嗒吧嗒地抽着旱烟，一边瞧着赵匡胤吃瓜。

卖瓜的老人看出了他的用心，笑着说：“军爷，自己的瓜，过路人口渴了吃个瓜，从来不要钱的。”

“胡说！你是有意小看人，难道说我给不起你瓜钱吗？”赵匡胤说着还故意拍了拍自己的口袋。

“如果军爷真的过意不去，那就按别人吃瓜的价钱，一文钱十斤吧。”老人慢慢地说了一句。

这一下可把赵匡胤给难住了。*人家不要钱，自己硬要给；价钱又极便宜，该怎么办呢？他不自觉地又摸了摸口袋，依然是没有分文。*此时，赵匡胤脸红了，汗珠也从鬓角上沁了出来。卖瓜的老人不卑不亢地在等着接钱。

「智慧引路」赵匡胤居心不良，强摆架势，因为不知见好就收，所以才会徒增烦恼。“打肿脸充胖子”只会自取其辱，是一种不明智的选择。

赵匡胤服软了，走上前去哀求道：“老伯伯，我忘了带钱，你有什么活让我干干，顶瓜钱好吗？”

卖瓜老人轻蔑地瞟他一眼，说：“年轻人，你一来我就看出你饥渴难忍，而又空无一文。可你又装腔作势、出言不逊。如果你真有悔改之意，就请你在地下打个滚儿顶瓜钱吧。”

赵匡胤无奈，只好在地上打了个滚儿，红脖子涨脸地上了马。一路上，他不住地长叹：“哎，真是一文钱逼死英雄汉哪！”

「好词好句」
装腔作势
出言不逊
＊赵匡胤无奈，只好在地上打了个滚儿，红脖子涨脸地上了马。

智慧启迪

谦恭是中华民族的传统美德，飞扬跋扈只会使自己孤立无援。

「智慧引路」
关于女娲补天，根据《史记·补三皇本纪》记载，水神共工造反，与火神祝融交战，导致天塌陷，天河之水注入人间。女娲不忍生灵受灾，于是炼出五彩石补好天空，折神鳖之足撑四极，平洪水杀猛兽，万灵始得以安居。

秦始皇与神女汤泉

骊山华清池，是西安著名的风景区。多少年来，许多帝王都在这里修筑汤池，至今留下了九龙汤、贵妃池、飞霞阁等名胜古迹。华清池的温泉是怎么来的呢？这里有一个有趣的传说。

相传在很多年以前，*女娲补天在骊山留下了一块石头，*于是人们便在那里修了一座娘娘庙。多少年来，娘娘庙的香火一直很灵，吸引着远远近近的信徒来这里拜佛烧香。

秦始皇统一中国以后，一天来骊山游玩。他见娘娘庙香火很旺，也要去朝拜。卫士们赶走了众信徒，秦始皇进了娘娘庙。娘娘庙并不大，秦始皇转了转便停在女娲娘娘的神像前不动了。

「好词好句」
滋味
原谅
＊秦始皇看女娲娘娘的神像塑得很美，心想自己如能找到一个像女娲娘娘这样美的姑娘做妃子，该有多好哇！

秦始皇看女娲娘娘的神像塑得很美，心想自己如能找到一个像女娲娘娘这样美的姑娘做妃子，该有多好哇！想着想着，不觉向前走了几步，离神像越来越近。猛听“呸”的一声，女娲娘娘吐了秦始皇一脸唾沫。

秦始皇摸着自己的脸，吓了一大跳，女娲娘娘是泥塑的，怎么还能吐唾沫，莫非她当真活了？秦始皇越想越害怕，急忙带着卫士匆匆地离开了娘娘庙。

说也奇怪，秦始皇回去以后，被唾的地方竟然生起疮来。又痒又痛，而且烂得越来越厉害。他急忙召来太医，太医看了他脸上的疮都说这种烂疮没有办法治，秦始皇心里很不是个滋味。那天陪他去娘娘庙的大臣叫项平，是秦始皇的心腹。他见秦始皇脸上的疮烂得越来越厉害，便秘密地出主意说：“陛下是人间皇帝，富有四海，就是偶尔不恭，神女也该原谅。”

「专家解疑」
心腹：①心里头。②指亲信的人。

听了项平的话，秦始皇脸上的愁云并没有消散，他皱着眉头，没精打采地说：“可神女并没有原谅我！”

项平抬起头来说：“陛下可虔诚地去庙里焚香，女娲娘娘见您确有诚心，就会宽恕的……”

「智慧引路」
精诚所至，金石为开，我们犯了错误不要紧，只要能够诚心悔过，就一定会得到别人的原谅。

秦始皇没有办法，只好去娘娘庙焚香。*这样一连七七四十九天，女娲娘娘终于被感动了。*

这一天，秦始皇刚刚拜完，桌上签筒里就跳出一支竹签，秦始皇接过一看，上面写着“汤泉洗痂”四个字。正在思索，一卫

士进来禀报说，骊山下出现了许多热气腾腾的汤泉。秦始皇听了心中大喜。

「专家解疑」
轻薄(bó)：言语举动带有轻佻或玩弄意味（多指对女性）。

「智慧引路」
人非圣贤，孰能无过；知错能改，善莫大焉。小朋友做错事时要大胆承认错误，勇于改正，做一个知书达理的好孩子。

原来，女娲娘娘恼怒秦始皇轻薄无礼，所以用生疮惩罚了他。*但见秦始皇能改正错误，于是就显神通帮他治疗。*女娲娘娘从怀里取出一个瓶子，用树枝蘸了些瓶里的水向骊山洒去，骊山下便出现了热气腾腾的温泉。

秦始皇用温泉冲洗疮痂，时间不长，脸便渐渐好了。

智慧启迪

关于亵渎女娲娘娘神像之人，民间传说最多的是商纣王帝辛（也称殷纣王），秦始皇嬴政是否也做过如此丧德败行之事，尚有待考证。

沙家人

「好词好句」
欢乐
凤辇銮舆
＊乾隆皇帝下江南，带着皇后那拉氏，众多的宫娥彩女，还有一大帮随行护驾的官员、侍从、卫兵。

乾隆皇帝下江南，带着皇后那拉氏，众多的宫娥彩女，还有一大帮随行护驾的官员、侍从、卫兵。乾隆皇帝登上龙舟，沿着大运河，顺流而下，箫管鼓乐，吹打得好不欢乐；皇上有时还舍舟登陆，乘坐凤辇銮舆，大队人马，前不见头后不见尾，把脚下的大道都踩宽了。

这一天，他们来到一个名叫沙岭的大村庄，天色已经晚了，就决定在这里过夜。乾隆皇帝刚要传令备餐，就见一个大臣来报：“这里有个姓沙的人家，感谢皇上为他们开辟了太平盛世，再三要求臣下代他们向皇上请命，要为咱们备餐。”乾隆皇帝听了这段赞美的话，十分喜悦，便点了点头。

还不到半个时辰，一顿丰盛的晚餐就备好了，端上来的有酒有菜，还有热气腾腾的白面饺子。那饺子咬一口滴着油，飘着香，美极了！

乾隆皇帝吃过饺子，有些口干，就叫人送来一些梨和柿子，正吃着，那拉氏皇后忽然凑过来说：“这个沙家有多少人？一会儿就包出这么多的饺子，我们吃了一顿还有余！我在想：刘、关、张桃园结义，只哥儿仨，一使劲就打出一个蜀国来；他们这个沙家如果摽上劲和朝廷作对，可就难对付了！我看，不如找个因由，杀了他全家，免生后患！”

乾隆听了这话，琢磨了一会儿，觉得皇后说的不是没有道理。于是他就指使手下的大臣，去把沙家的当家人传来。那拉氏皇后见皇上听了自己的话，非常得意。

不一会儿，那位大臣就带来一个人。乾隆打眼一瞧，竟是一个半大小子！腰间扎着红腰带，腰带上挂了一圈钥匙，红扑扑的脸蛋儿还有几分孩子气呢，但却大大方方，没有一点儿拘束的样子。

“你是当家的？”

“正是。”

「智慧引路」

大清十二帝中最著名的皇帝就是康熙玄烨和乾隆弘历祖孙二人，营造了“康乾盛世”的局面，为老百姓带来了切切实实的利益，所以能够得到百姓的拥戴。

「好词好句」

结义

作对

＊腰间扎着红腰带，腰带上挂了一圈钥匙，红扑扑的脸蛋儿还有几分孩子气呢，但却大大方方，没有一点儿拘束的样子。

「专家解疑」

琢磨：①雕刻和打磨（玉石）。②加工使精美（指文章等）。

「智慧引路」
面对当今皇帝也能不卑不亢、从容不迫，沙家当家人对答如流的背后不仅需要莫大的魄力，更需具备足够的胆识。

「好词好句」
经验
鼓动
＊乾隆皇帝一听，更为震动，传令内侍拿出许多金银，亲手奖给那个小当家的，鼓励他带好沙家人，多为国家分忧，一家人永远团结和乐地生活下去。

「哲理名言」
君、臣、民不能分离（梨），有了事（柿），应该大家共同分担。

“你家有多少人？”

“一千八百口，十里方圆住的全是。”

“这么大的家口能团结到一起，不易啊！”

“晋代张大公九世不分家，我们沙家人才不到八世，还差着哪！”

“你怕还不过十四五岁啊？”

“皇上明鉴。”

“为什么让你一个孩子当家？”

“禀皇上：我们沙家人经过七世多，有了个经验：凡成了亲的，多半爱听老婆的话，硬鼓动分家，就不能做一家之长了。”

乾隆皇帝一听，心里一震动，说道：“听了你的话，朕很高兴。”又把面前的一堆梨和柿子指给他：“赏给你了，吃吧！”

小当家的毫不客气，谢过皇上，抓起梨“咔嚓咔嚓”很快就吃光了；又捧起柿子，却一个一个地分给了在场的大臣和侍卫人员。

乾隆皇帝问：“朕赏给你的，你为什么单单把梨吃了，把柿子分给大家？”

小当家的回答道：“君、臣、民不能分离（梨），有了事（柿），应该大家共同分担。”乾隆皇帝一听，更为震动，传令内侍拿出许多金银，亲手奖给那个小当家的，鼓励他带好沙家人，多为国家分忧，一家人永远团结和乐地生活下去。

事后，乾隆皇帝对皇后说道：“唐太宗说过，自古以来，君为舟，民为水。朕若听了你的话，一千八百个忠孝良民岂不做了刀下冤魂？”那拉氏羞愧满面地谢罪退下。

「专家解疑」
谢罪(zuì)：向人承认错误，请求原谅。

据说，因为这次江南之行，还有其他一些什么原因，那拉氏一回到京都，就被废除了皇后的正位。

「好词好句」
废除
推戴
＊铁木真从十八岁开始，草青十次，草黄十回，经十年浴血奋战，才统一了大大小小的蒙古部落。

智慧启迪

胆识和魄力的练就，不仅与成长环境有关，更与个人的心理素质密切相连。有了好的胆识和魄力，做起事来更容易取得成功。

一代天骄成吉思汗

铁木真从十八岁开始，草青十次，草黄十回，经十年浴血奋战，才统一了大大小小的蒙古部落。这十年，铁木真“夜不投宿，昼不下鞍”，不知磨碎了几架马鞍，磨烂了多少鞍垫。十张牛皮的弓弦用尽了，十车冶制的箭头用光了；腰刀磨没了刃，长枪扎秃了尖儿。终于在他二十七岁这一年，蒙古部落大小头领，推戴他为可汗，誉称“成吉思汗”。

「智慧引路」
铁木真，孛儿只斤·铁木真，1162年（宋高宗绍兴三十二年，金世宗大定二年）出生地漠北草原斡难河上游地区，不仅是蒙古帝国可汗，也是世界史上杰出政治家、军事家。

不久，塔塔尔部落的大将曲薛武率领大队人马来征伐成吉思汗。交战前，成吉思汗检阅了自己的队伍。

这一天，成吉思汗带着左右将军，登上巍峨的孛尔罕山。在半山腰升起黑色的军旗，捶动几十面战鼓。阅兵开始了，弓箭队

排成方阵行进，长枪队列成横排行进，大刀队列成竖排前进。接着，赛马、射箭、比武开始了。

比赛完毕，成吉思汗对大家讲道："只有磨尽马蹄的人，才能走到天边，只有磨尽刀刃的人，才能压倒敌人。怕血的人，最后流的是血；怕箭的人，最后招的是箭。但军令如山，军纪似铁，切切不能忘记。缴获的归公，隐私者处死！"

「哲理名言」怕血的人，最后流的是血；怕箭的人，最后招的是箭。

说着，塔塔尔部的鼓声、蹄声已经近了，双方开始交战，一打就是三天。

白天，太阳吓青了圆脸，夜里，月亮溅上了血斑。双方的战马咬破了鼻子，双方的箭矢顶在天边；长矛扎成了秃柄，大刀砍成了碎片；杀得苍天险些倾倒，杀得大地险些塌陷。

杀得塔塔尔部落只剩一半，杀得曲薛武瞎了一只眼。曲薛武无奈，就施展诡计。

一天中午，杀累的双方稍事休息，塔塔尔部大将曲薛武突然率领人马败走了，成吉思汗就派一部分兵马去追。在追击中，他们发现一片马蹄窝里撒满了闪光的碎银，这些碎银牵动了一些将士的私心。于是，有些将士在尘埃中下马捡起碎银，揣进私囊。这时，狡猾的曲薛武趁机突然冲回来，挽救了败局。

成吉思汗听说中了奸计，派出一千名近卫箭筒士，才赶跑了塔塔尔部的曲薛武。当晚，成吉思汗赶回自己的金帐，感到心口阵阵作痛。他叫来左手将军木华黎，追问败阵的详细经过。当成吉思汗知道有人弃枪捡银的时候，咬碎了一颗牙，折断了一把剑。

「智慧引路」木华黎是蒙古国大将、开国功臣，与博尔真最受铁木真器重，被誉为"犹车之有辕，身之有臂。"木华黎以沉毅多智、骁勇善战著称，三十年间追随铁木真，无役不从。辅佐成吉思汗统一蒙古诸部，战功卓著，被誉为"四杰"之一。

当成吉思汗知道第一个下马的就是他的叔爷，第一个往口袋装碎银的就是他的堂弟的时候，气得手中的断剑落了地，他打了自己一个耳光说：“将二人带来问罪！”

不多时，两个箭筒士将成吉思汗的叔爷、堂弟押进金帐。成吉思汗拔出宝剑向苍天、远祖祈祷说：

请苍天宽恕，
请远祖知情。
不是我愿意自残骨肉，
是军纪不容。
愿苍天达理，
愿远祖同情。
不是我非砍九指不可，
是民心不容。

「智慧引路」
无规矩不成方圆，没有严明的纪律，何来胜利的硕果？成吉思汗正是因为军令如山、铁面无私，才能在征战四方时无往不利。

祈祷完毕，成吉思汗握着宝剑对叔爷、堂弟说：“对不起，我只有拿你们的头才能换回军心，才能打出铁的纪律！”说罢就要处斩。

这时候，木华黎跪下求告说：“要斩就斩我吧，英明的可汗！是我指挥无方，才破坏了圣主的金律。”成吉思汗看在木华黎的面子上，才免去二人的死刑。但是，当即宣布将二人削职为民，罚为牧马奴，终身不再加封。

从那以后，成吉思汗的金律神圣不可侵犯。从此威严的军令如山，不可动摇。

可是在铁木真当了蒙古部落可汗以后，本部的元老、守旧派人物扎木合就开始对他仇恨起来，唯恐削弱本部族的割据势力。

这一年，初秋的一天，成吉思汗臂托猎鹰，身跨骏马，肩背双弓，鞍挂四个箭囊，和箭筒士们出猎到了孛尔罕山。这个消息像风一样传到了扎木合耳朵里。

「智慧引路」
扎木合是铁木真的主要对手之一，二人曾在蒙古草原上对立，都希望统一蒙古，后来扎木合败在铁木真的手下。

扎木合猴眼一闭，鼠眉一挑，一连想了三计，最后定下一计，得意地大笑了三声。他命令奴仆在成吉思汗狩猎的归途中，设下一个漂亮的雕花帐篷。帐篷里挖了一个很深的陷阱，陷阱里插满了枪尖。然后，在井口装上黄羊窖的陷板。陷板上铺上地毯，毯子上摆上茶桌，桌上摆满茶点、美酒、乳品、肉类。扎木合妄图假借祭盟日，让成吉思汗掉到陷阱里。

十几年前，扎木合与成吉思汗（铁木真）在这里拜过义兄弟。扎木合知道，成吉思汗是个义深似海、盟重如山的人，在这里祭盟，一定不会产生疑心。

扎木合心里想：没有长竿子，套不住大狼；没有好陷阱，抓不住黄羊。想着，想着，得意地自饮起来。

「哲理名言」
没有长竿子，套不住大狼；没有好陷阱，抓不住黄羊。

说也凑巧，成吉思汗带着箭筒士，臂托猎鹰，在狩猎归途中正从这里路过。扎木合见成吉思汗过来了，假惺惺地走出帐篷，手端银盘，盘里放着斟满酒的两个盅子，跪拜于铺在地面的金鞍上，向天“发酒”后，祷告着说：“上苍可知，铁木真与我誓盟

「专家解疑」
友情：朋友的感情；友谊。

「名师点拨」
作者将神态描写和动作描写相结合，生动地表达出了扎木合内心的紧张，使故事更具吸引力。

此地，兄弟友情高于山峰……”成吉思汗听到扎木合的祷辞，想起了幼时结拜兄弟的故情，立即翻下马背，一同参加了祭盟，流着眼泪跟扎木合走进了帐篷。

扎木合对成吉思汗说：“忘了吗？我的兄弟！你赠给我的灌铜髀石和钻孔鸣镝，至今还在我的手里。来，入席，请上座饮酒。”成吉思汗被这一举动感动了。可是，当他走近茶桌的时候，肩上的猎鹰突然飞下来，落在地毯上，只见一只小鼠嗖一下钻进了地里。

扎木合的鼻尖冒汗了，赶紧用刀子割块肉给猎鹰丢去。成吉

思汗早已看清楚了黑咕隆咚的陷阱，更知道那只小鼠钻进了陷阱。

这时候，成吉思汗异常镇静。他大大方方地摘下帽子，恭恭敬敬地对扎木合说：“记得三次誓盟于此，结为义兄弟；今又重祭盟日，深感于怀。此处可封圣地，应立敖包为念。”

「好词好句」
大大方方
恭恭敬敬
*记得三次誓盟于此，结为义兄弟；今又重祭盟日，深感于怀。此处可封圣地，应立敖包为念。

扎木合连说：“好，好，好，可汗有言，立下金碑，可千古留念！”

成吉思汗道：“你是长兄，当坐上席。”说着，推他入座，只听见“噗噜噜”的一声，扎木合掉进了陷阱，传出了一声声的哀叫，就像悲鸣的犴达罕一样。

成吉思汗觉得让扎木合就这样死去，不足以警教他人。于是唤左右侍从把扎木合救了出来。扎木合闭着眼睛，不敢瞅一眼成吉思汗，被枪尖扎烂的后背，流着黑血，又腥又臭。

「好词好句」
宠爱
喜爱
＊扎木合闭着眼睛，不敢瞅一眼成吉思汗，被枪尖扎烂的后背，流着黑血，又腥又臭。

成吉思汗没再说话，臂上架起猎鹰，跨上鞍马，带着箭筒士直向自己的金帐奔去。

由于猎鹰立了大功，救了自己一命，成吉思汗更加宠爱它了，常把一些勇士比作他臂上的鹰。从此，蒙古人更喜爱鹰了，也愿意叫鹰的名字。

智慧启迪

成吉思汗的故事主要告诉我们两个道理：一、言必信，行必果；二、害人之心不可有，防人之心不可无。

名家品评

帝王也是肉体凡胎，也曾因思虑不周而犯下过错，关键是知道过错后要积极改正，不能任由错误蔓延，以致酿成无法挽回的局面。人在错误中成长的同时应该在错误中吸取教训，不断进步。小朋友在成长过程中做错了事情，要勇于向父母和老师坦白，请求他们为你指点正确的人生方向，不断地完善自我。

阅读思考

1．赵匡胤看到西瓜后有哪些心理活动？

2．沙家当家人是如何免除沙家的灭顶之灾的？

3．成吉思汗为什么没有杀自己的叔爷和堂弟？

第四章

名胜之谜

了解了古代神话、圣贤先哲和帝王将相们的一些趣闻轶事，在本章中，我们一起来探究中国名胜古迹的来源。山海关的鞭石上面为什么会有血痕呢？皇姑屯这个小村庄又是从什么时候才开始有的？庄王台里面又隐藏着什么样的有趣故事呢？云冈庙又是哪座城市的名胜古迹？为什么会庙大门小呢？亲爱的小朋友，我们一起一睹为快……

鞭石

山海关南海边的“老龙头”有块巨石，石上有很多血迹，大家都叫它“鞭石”。石头的阳面干燥，阴面湿润。据说：如遇天旱，用鞭子打阴面，就能下雨；天涝，用鞭子打阳面，立刻天晴。鞭石还有这样一段传说：

「专家解疑」干燥（zào）：没有水分或水分很少。

有一年，秦始皇决心要把从前燕、赵、齐、魏、秦诸国所筑的城墙连接起来，筑成长城，就派大将军蒙恬带兵三十万，动工修筑。可是这长城从哪里修起呢？大将军蒙恬去请示秦始皇，他一时也拿不出主意来。就召集朝中文武大臣，商议修筑长城的起点。

当时跟在他身边的文武大臣面面相觑，谁也不肯先说出自己的主意，怕说得不合秦始皇的心意，招致杀身之祸，可是又不能不说。因此，文武大臣们都在想一个两全其美的对策，既能取得秦始皇的欢心，又能保住自己的官职、性命。

「专家解疑」
面面相觑(qù)：你看我，我看你，形容大家因恐惧或不知所措而互相望着，都不说话。

「专家解疑」
权臣（chén）：掌握大权而专横的大臣。

众大臣里有个宰相叫赵高，是个老奸巨猾的权臣，他想出了一个两全其美的办法，说："吾王素以礼贤下士闻名于世，何不到民间去走访那些年高德重的老人，听听他们的意见？"秦始皇听了，觉得赵高的话很有道理，就采纳了他的建议。

次日，秦始皇就带领随从出访。可是，这里的百姓听说秦始皇要在这里修筑长城，怕抓民夫，都逃走了，弄得秦始皇无人可访。

有一天，秦始皇在山沟里遇到一位坐在槐树下纺线的老婆婆，觉得奇怪，心想：这位老婆婆怎么不怕我呢？他就走上前去，问老婆婆说："老人家，这里的人都逃走了，你为什么不逃走呢？"

「名师点拨」
年轻人尚且都逃命去了，这个老婆婆却淡定地坐在那里纺线，暗示了老婆婆的非凡之处，与后来她异于常人的行为和能力形成对应。

老婆婆说："这一带，过去年年打仗，百姓不得安生，如今秦王统一了天下，要修筑长城保太平，这是一件好事，我为什么要逃走呢？"

秦始皇听了，非常高兴，说："老婆婆，秦朝有了你这样的百姓，不愁长城修不成，那么，长城从哪里修起才好呢？"

老婆婆说："金牛入海处。"

秦始皇又问老婆婆，金牛在哪里？老婆婆告诉他：今天夜里，派人在龙门山上等候，到时候便知道了。

「好词好句」
天昏地暗
浊浪滔天
*乌龙腾起，波涛恶浪万丈高；金牛长吼，声震长空海底浪。

这天夜里，秦始皇派大将军蒙恬在龙门山上等候金牛出现。

三更过后，东北高山上奔腾出一头金光灿灿的金牛，直奔南海。南海涌起数丈高的水柱，里面裹着一条乌龙，和金牛斗了起来。一牛一龙，在南海里扬波掀浪，斗得天昏地暗，浊浪滔天。乌龙腾起，波涛恶浪万丈高；金牛长吼，声震长空海底浪。

金牛与乌龙直斗到四更天，才返回东北面的高山上去。

第二天早朝，蒙恬把昨夜里金牛斗乌龙的奇闻，奏明了秦始皇。秦始皇恍然大悟，老婆婆说的金牛斗乌龙之处，就是修筑长城的起点，金牛走过的路，也就是修筑长城的路线。于是，秦始皇对蒙恬说："今晚你们要在金牛走过的路上，用白灰画道线，这就是修筑长城的路线。"蒙恬遵命去了。

修筑长城的起点选定后，就开始动工修筑长城。可是，金牛走过的这条路，都是崇山峻岭，悬崖绝壁。修城砖每块重三十二斤，修城基的石头每块重数百斤，身强体壮的民夫也只能背两块城砖上山，往山上运石头就更加困难了。

后来民夫用山羊驮砖上山，还是不行，每天都有民夫摔死。民夫们怨声载道，有的民夫说："都怨那纺线的老婆婆，指了这条金牛走过的路，给我们造成这么多困难，我们大家还去找她吧。"于是，民夫们就去找纺线的老婆婆，对她说："您老人家既然知修长城的路，请您老人家再帮我们想想筑城的办法吧。"

纺线的老婆婆听说之后，就拿出许多纺好的线，分给民夫们说："拿去吧，用线背砖，砖轻；用线拉石，石走。"民夫们听了非常高兴，每人分三根线，回去一试，果真灵验。

大将军蒙恬看见民夫们用线拴着巨石，不管多陡多高的山，都能拽上去。蒙恬觉得奇怪，就去问民夫，民夫告诉了蒙恬。蒙恬把这件事奏明了秦始皇。

秦始皇听了之后，就带着随从去看，果然不假。他下令把拽石的线收集起来，派人把这些线做成一根鞭子。

「好词好句」
崇山峻岭
悬崖绝壁
*秦始皇恍然大悟，老婆婆说的金牛斗乌龙之处，就是修筑长城的起点，金牛走过的路，也就是修筑长城的路线。

「专家解疑」
怨声载道：怨恨的声音充满道路，形容民众普遍不满。

「名师点拨」
秦始皇将线收集起来做成了鞭子，于是也就有了后文中他用鞭子鞭打山石的故事，这句话为后文的精彩故事作铺垫。

「名师点拨」
作者用夸张的手法，生动地形容出了鞭子的巨大威力，给读者描绘出了一幅动感十足的壮观画面。

「好词好句」
滔天巨浪
巍峨
*鞭声过后，但见那群山奋起，声似霹雳，巨石腾空，风驰电掣般地向南飞奔。

秦始皇拿着做好的鞭子，想试试鞭子的威力。他把鞭子一甩，“叭”的一声，不想那高山随着鞭子的响声，“砰”的一声，山摇地动地闪了三闪。

秦始皇嫌那山动得慢，一时兴起，接连“叭！叭！”地连甩两鞭，鞭声过后，但见那群山奋起，声似霹雳，巨石腾空，风驰电掣般地向南飞奔。秦始皇跟在后面，赶起大石头，就像赶牲口一样，把那些有用的石头赶上山，把没用的石头赶向南海。

秦始皇鞭石入海，惊动了南海乌龙。乌龙急忙腾起波浪来堵截。那些入海的巨石，被乌龙涌起的滔天巨浪堵在海边，堆积如山，形状巍峨，就像张开巨嘴吞吐海浪的龙头。秦始皇见状，高兴地说：“好呵！这里是龙头，就作为修长城的起点吧！”

从那以后，海滩上，城墙下，留下了那块“鞭石”。

智慧启迪

秦始皇雄才伟略，修筑长城抵御外族入侵，不畏艰辛，为中国作出了巨大的贡献。小朋友从小就应该明确自己的志向，并努力为之奋斗。

「专家解疑」
雄才伟略：杰出的才智和宏大的谋略。
民情：①人民的生产活动、风俗习惯等情况。②指人民的心情、愿望等。

皇姑屯

传说清朝康熙皇帝为了私访民情，有一次把自己打扮成一个侠客，骑着一头小黑驴，后边有几个卫士装成他的徒弟，沿着一条小山沟，下乡访察民情来了。

一天，康熙皇帝他们走到现今河北省的隆化县地面，觉得又饿又渴，可是附近又没有旅店、饭铺。他们又走了一程，见路边有个破碾坊。碾坊里有一个姑娘，长得十分俊俏，正在套着小毛驴，忙着碾小米面。

康熙皇帝心中大喜，翻身下了小黑驴，上前问道："这位姑娘，我们走得又饿又渴，能不能卖点好吃的给我们充饥？"姑娘仔细端详着这个威武的行路人，觉得相貌不凡，说话和气，便笑笑说："不用买了。出门在外，谁都会遇上些困难。请你们到我家里坐一坐，歇歇脚，吃饱饭再赶路吧！"

这时姑娘正好碾完小米面，卸了小毛驴，她领着康熙皇帝和几个乔装的卫士，来到自家的小院。卫士把康熙皇帝的小黑驴拴在院中的一棵枣树上，随后大家跟着姑娘进到屋子里。

姑娘的母亲见是一位神气十足的中年人和几个后生，就很客气地让座，接着就烧水沏茶，然后，母女俩点火做饭。不一会儿就把饭做好了，端上来小米面饼子，还特意炒了一大盘子鸡蛋。康熙皇帝一边同卫士们吃饭，一边高兴地说："这小米面饼子又香又甜，真好吃啊！"母女俩见他们吃得挺香甜，心中也欢喜。

康熙皇帝吃完了饭，便同这母女俩拉起家常来。他对姑娘的母亲说："这位大嫂，你家里有几口人？"那大嫂回答说："唉，我丈夫早就去世啦！我本姓王，人称王妈妈。这不，身边就这么一个闺女。*我们娘儿俩呀，起五更，睡半夜的，纺线、织布、种地，还能勉强过日子。*"

「好词好句」
附近
特意
*这时姑娘正好碾完小米面，卸了小毛驴，她领着康熙皇帝和几个乔装的卫士，来到自家的小院。

「哲理名言」
出门在外，谁都会遇上些困难。

「智慧引路」
在封建社会，人们因生活所迫不得不努力劳动。在当今时代，人们的生活水平虽有很大的提高，但小朋友们仍应继承祖祖辈辈热爱劳动的优良作风。

「好词好句」
热情
诚恳
* 王妈妈认为自己和女儿过日子也不容易，如果认个干爹，往后的日子，也许能有个照应。

康熙皇帝看这母女俩为人老实厚道，待人热情，一时便动了怜惜之情，说：“我和你们母女俩商量一件事，不知你们愿意不愿意？”

姑娘的母亲说：“你有话，尽管说吧！”

几个卫士看到这情景，心里直乐，但又不敢笑出声儿来。她们母女俩哪会知道眼前这个人就是当朝的皇帝呀！只听康熙皇帝很诚恳地说：“我想收下你的女儿作为义女，不知大嫂愿意不愿意？”

王妈妈认为自己和女儿过日子也不容易，如果认个干爹，往后的日子，也许能有个照应。没等妈妈同女儿商量，这姑娘“咕咚”一下，跪在康熙皇帝的面前，口称：“义父大人在上，受女儿一拜！”

「专家解疑」
平身：旧时指行跪拜礼后立起身子（多见于旧小说、戏曲）。

康熙皇帝高兴地哈哈大笑道：“女儿平身，快、快起来，真是个聪慧的孩子！”

几个卫士听到康熙说出“平身”二字，都憋不住地乐了，心想，皇上都露出身份来了，她们母女还不知道呢。

康熙皇帝想了想，又说：“今后女儿出阁时，一定告诉我一声，我好给女儿置办一些嫁妆。”

「名师点拨」
正是因为有了康熙的这句承诺，才有了后文中那位姑娘苦苦等待康熙帮忙选婿的故事情节。

王妈妈笑着说：“那敢情好！”就对女儿说：“丫头，你这终身大事，就靠你这好心的干爹主婚选婿了！”

康熙皇帝也不推辞，满口答应着：“好！女儿的事就包在我身上了！”

几个卫士又憋不住地笑了起来，都暗自替这位姑娘高兴。

康熙皇帝告别她们母女时，母女送到村外，走出老远，才摆手分别了。康熙骑上小黑驴，向又一条深山沟里走去。

这母女俩回到家中，母亲突然后悔地说："哎哟，咱俩光顾高兴啦，忘了问问他是哪里的人，姓什么，叫什么，今后咱可上哪去找他呀？"可她后悔又有啥用呢？康熙早就走得没影儿啦。

单说康熙皇帝走出村后，在山沟里遇见了个打柴的老人，康熙叫卫士把实情告诉了那老人。老人知道了这件事情，便欢天喜地跑回来告诉了她们母女俩，说："丫头那个干爹呀，嘿，可认着了。人家是当朝的万岁爷呀！"母女俩一听，喜得一连几夜睡不着觉，就把这件大事牢牢记在心里。天天盼着丫头的"干爹"——康熙皇帝能再来。

盼呀，盼呀，一年一年地过去了，总也没有消息，一晃盼了三十年！就是不见皇帝到来。其实，康熙早就把这件事忘了。可是，这姑娘，已经等到四十七八岁了，还没有出嫁呢！

有一次，康熙皇帝率领文武官员和侍卫们又去木兰围场打猎，正好路过当年吃小米面饼子的地方。他忽然想起三十年前认干女儿的事情，便立即派人到姑娘家去看望她们母女二人。进家一看，才知道王妈妈早就去世了！那姑娘整年整月地愁眉锁眼，一人独居，日子过得十分艰难，一直还在等她的干爹主婚选婿呢！

康熙听了这个消息后，心里很惭愧，他叹息着说："唉，国事再忙，我也不该把我的义女忘了呀！生生让我一句话，耽误了姑娘的青春！"康熙就派人问干女儿有何打算。

姑娘生气地说："已经老了，我决心终身不嫁了！"康熙听了很难过，觉得很对不起这个姑娘，他想来想去，想出了个补救的办法，就传下口谕，对这个干女儿要以皇姑相待。并立即派人

「智慧引路」
母亲的话语，无意间把山村人的淳朴和率真都流露了出来，使整篇故事透着浓烈的乡土气息。

「好词好句」
艰难
惭愧
* 母女俩一听，喜得一连几夜睡不着觉，就把这件大事牢牢记在心里。

「专家解疑」
愁眉锁眼：形容忧愁、苦恼的样子。

仿照京城历代皇姑府的样子，给她修了一座皇姑府，让这位年近五十岁的老姑娘在这里享受皇家的俸禄。这个姑娘，只好在这里过着孤独的晚年，了结一生。

从此，人们把这个小村庄改名叫“皇姑屯”，就是现在河北省的隆化县城。

「好词好句」
孤独
胜利
*楚国有一个大臣向庄王提出建议，筑一个大层台，在上面阅兵，让各小国诸侯知道，楚国兵多力量大，使他们自动来纳降称臣。

智慧启迪

这篇故事主要告诉了人们三条道理：一、不要轻易许诺，既已许下诺言，就一定要兑现；二、为人应该踏踏实实，依靠自己，不可贪图、惦念他人财物；三、为人处世应该学会变通，一味等候幸运之神的眷顾并不可靠。

「名师点拨」
历史上的楚王，是春秋时期楚国最有成就的君主，庄王之前，楚国一直被排除在华夏文化之外，自庄王称霸中原，不仅使楚国强大，威名远扬，也为华夏文化的传播和民族精神的形成发挥了一定的作用。

庄王台

江陵城（今荆州）北十八里，纪南城内东南面，有一个高一丈八尺，东西长九丈，南北宽六丈的大土台，名叫“庄王台”。

楚庄王是春秋五霸中最后一个霸主。有一年，楚国和晋国打仗，楚国获得了很大的胜利，威震九州，各小国诸侯对楚国十分畏惧，怕楚国出兵攻打他们，灭了他们的国家。楚国有一个大臣向庄王提出建议，筑一个大层台，在上面阅兵，让各小国诸侯知道，楚国兵多力量大，使他们自动来纳降称臣。庄王有意问：“你说说筑多大呢？”

大臣马上说：“起码比您刚做国王时修的那个台大，这样才能显示楚国的国威。”

庄王听了，直摇头，说：“绝不可那样！”原来楚庄王在刚登位时，不管国家大事，一味好大喜功，决定筑一个大层台，命令士兵和老百姓到千里之外去运石头，百里之外去运土，搞得天怒人怨。有几个大臣去劝谏庄王，也被杀了。最后，有一个农夫冒着生命危险，去劝谏他，前三皇，后五帝，比这比那，事实确凿，道理透彻，终于把庄王说服。*庄王这才下令拆了层台，让士兵去守卫边防，准备打仗，让农民不违农时，去耕种收获。*这样，顺了民心，楚国才逐步强盛起来了。想到这里，楚庄王说：“台一定要筑，但只能筑一个小台！”

大臣问：“筑多高呢？”

庄王说：“能看见纪南城就行了。”

“筑多大呢？”

“上面能摆几桌酒席就可以了。”

层台筑好之后，庄王亲笔写好请帖，派大臣去附近各个小国，请诸侯到纪南城庄王台赴宴。接到请帖，各小国诸侯心里都很惊恐，不知庄王在耍什么把戏，但又不敢不来。来的时候，一个个愁眉苦脸，一踏进楚国的国土，心神更是不安，接近纪南城，就像老鼠怕见猫似的。可是，哪知楚庄王不嫌他们国小势弱，一律以礼相待，亲自带着乐队，到纪南城外去迎接他们，肩挨肩，手牵手，把他们一个个请到台上喝酒。庄王态度真诚、热情，又是

「专家解疑」

好大喜功：指不管条件是否许可，一心想做大事，立大功（多含贬义）。

「智慧引路」

国以民为本，民以食为天，自古来来，大凡有作为的君主都非常重视农耕，只有让百姓丰衣足食，君主才能江山稳固。

「好词好句」

惊恐

把戏

*来的时候，一个个愁眉苦脸，一踏进楚国的国土，心神更是不安，接近纪南城，就像老鼠怕见猫似的。

「好词好句」
心甘情愿
异口同声
*他们哪里还有什么担惊受怕，倒是有点受宠若惊，对庄王心悦诚服。

敬酒，又是奉菜，和各国诸侯平等讨论天下大事，他们哪里还有什么担惊受怕，倒是有点受宠若惊，对庄王心悦诚服。

于是，各诸侯心甘情愿，异口同声地推举庄王为他们的盟主。这样一来，楚国的势力就越来越大了，庄王的威望也越来越高了。

智慧启迪

楚庄王对内体恤百姓，富国强民；对外待人以诚，招揽人心，终成一代明君，是历代帝王学习的典范。

「专家解疑」
典范：可以作为学习、仿效标准的人或事物。

回龙桥的传说

很久以前，湾湾的渠水河两岸有两个寨子，河东是侗寨，河西是瑶寨。

侗寨里有一位漂亮的姑娘叫培姣，她上山挖蕨菜，走过的地方，花儿开得最鲜；她下河去洗蓝靛，河里的鱼都向她游来；她站在槐树底下唱歌，连最会唱歌的“画眉鸟”也停止歌唱，站在槐树下听迷了。寨子里的很多后生都想娶她，可她一个也不答应。阿妈静静地问她：“阿姣，你打算什么时候吃喜酒呢？”她低着头回答：“阿姣日子长着呢！”说罢，提起竹篮子到河边洗布，一边唱起歌来了。

“独岩山高，也没有隔断鸟儿的自由来往，渠河水急，也没有冲散鱼儿的成对成双……”

歌声刚起，对岸一个后生挑着桶出了竹楼，往河边走来。

这个后生叫阿高，他是瑶寨里最英俊的后生，从小跟着阿爸打猎，练得一身好箭法，瑶家姑娘大都想把自己的花带献给他，

「好词好句」
漂亮
英俊
* 她上山挖蕨菜，走过的地方，花儿开得最鲜；她下河去洗蓝靛，河里的鱼都向她游来；她站在槐树底下唱歌，连最会唱歌的“画眉鸟”也停止歌唱，站在槐树下听迷了。

「哲理名言」
独岩山高，也没有隔断鸟儿自由来往，渠河水急，也没有冲散鱼儿成对成双……

「专家解疑」
接受：①收取（给予的东西）。②对事物容纳而不拒绝。

可他一根也不**接受**。后来，姑娘们看得出来，他早已爱上了对岸的那个侗族姑娘。

阿姣和阿高从小就在渠河边交上了朋友。阿高经常把小鸟、鲜花绑在箭头上射到对岸去，培姣挥着手中的侗锦向他微笑。随着年龄的增长，他俩的友谊越来越深了。阿高一听到培姣的歌声，不管水桶里有没有水，就挑着水

桶往河边跑，培姣一听到阿高的木叶歌，也就随手捡起一块布片往竹篮里一放，提着竹篮往河边走。

有一次，他们又在河边相会了。阿高把一根**项圈**捆在箭头上射过来，培姣急忙捡起放进了竹篮。她也掏出一幅彩色侗锦包着一块岩石，用力丢过河去。可由于力气不够，侗锦落在河心，阿高急忙跳下河去捡。他刚游到岸边，被头人看到了，头人一把夺去侗锦，丢进了河里，骂道："你不要祖宗啦？数典忘祖，为什么要仇家的东西……"

从那以后，培姣有几天没见到阿高了，她心里也想念。今天，阿妈问她吃喜酒的事，她又想起了那天的情景，心里很难受，这时她见到了阿高，那兴奋的样子，就像吃了滚烫的油茶。

培姣又取出一幅彩色侗锦，朝对岸扬了扬，预备丢过去，只听得背后"嘿嘿"一声冷笑，她回头一望，见是寨佬的儿子勐洞，便急忙把侗锦藏进怀里，低下头去洗她的布。

勐洞左手提着一只鸟笼，右手拿着一根细竹竿，他用竹竿戳培姣的帕子，不阴不阳地说："好哇，你想飞过去？你不晓得瑶家佬是我的仇人？哼，我要你进我的笼子里。"说着，又用竹竿去撩培姣的裙子。

培姣提着水淋淋的布放进篮子里，拔腿就跑，甩动的竹篮溅了勐洞一脸的水。

阿高隔河望着，又气又恨，跑回家里，取来弓箭一箭射了过去。

"嗖"的一声，阿高的箭不偏不倚，射中了勐洞笼里的画眉，吓得勐洞丢下笼子慌忙逃走了。

「专家解疑」
项圈：儿童或某些民族的妇女戴在脖子上的环形装饰品，多用金银制成。

「好词好句」
数典忘祖
不阴不阳
*这时她见到了阿高，那兴奋的样子，就像吃了滚烫的油茶。

「名师点拨」
作者用细节描写（勐洞脸上被溅水），从侧面表现了培姣的惊慌，为后文阿高英雄救美的故事作铺垫。

晚上，阿高坐在河边，望着培姣的窗口，吹响了木叶歌，轻柔的夜风把这多情的木叶歌声送过了河，送到了正在织侗锦的培姣耳畔。培姣停下手中的木梭，静静地走了出来，坐在洗衣岩上望着漆黑的河面，她多么想飞过去，飞到阿高身边。她拾起一颗石子投进河里，阿高听到水声，兴奋了，静静地游了过去。一对情人在夜幕的掩护下，诉说着深深的相思。流不完的渠河水，说不完的贴心话，往日嫌夜长，今晚恨夜短，不知不觉鸡已经叫了第三遍，培姣告诉阿高，勐洞今晚又来求亲了，她担心勐洞下毒手来抢她。他俩商定第二天一起逃出寨子到渠水河的上游独岩山脚相会。商量定了，阿高又静静地游了回去。

「好词好句」
兴奋
不知不觉
*一对情人在夜幕的掩护下，诉说着深深的相思。

天亮了，阿高用竹筒灌了一筒糯米，又用笋叶包了一块腌鱼，一把腌蕨菜，带上了弓箭。正要出门，忽然河对面传来了培姣的呼喊“阿高——阿高——阿高”。

「专家解疑」
天亮：太阳快要露出地平线时天空发出光亮。

阿高跳出门，飞一般地跑到河边，往对岸一望，只见培姣一边喊一边往河里跑来，勐洞带着一帮人在后面追。啊！勐洞抢亲了。阿高挽起弓，搭上箭，朝着走在最前面的一个射去，那人应声倒地。但后面又上来一个，他接连射倒了几个，箭已射完了，他大喊一声“培姣”便往河里冲去。

勐洞见阿高的箭射完了，又令人去抢培姣，培姣急了就往河里跳去。

阿高刚刚游到培姣身边，岸上一阵乱箭射来，他俩一起沉下了河底，渠河上漂起了一股红红的浪花。

「名师点拨」
作者不忍直接诉说培姣已经死去，用河水中漂起的红浪花暗示阿高和培姣已遭到不幸，给读者以想象的空间。

晚上，有人看见渠水河面上腾起了两条龙，龙身拱起，化成了一座弯弯的大桥，两个龙头竖立在桥中间，龙尾连着两岸的寨子，人们叫它回龙桥。

每到夜晚，回龙桥就架了起来，两岸的男女青年都到桥上相会，天亮时，人们散去，回龙桥又消失了。两寨的头人听说后，也都到桥上去看，当他们刚刚走到桥中心时，桥垮了，两寨的头人掉进河里淹死了。

从那以后，回龙桥就日夜架在渠水河上了。

「好词好句」
宏伟
精美
*每到夜晚，回龙桥就架了起来，两岸的男女青年都到桥上相会，天亮时，人们散去，回龙桥又消失了。
*云冈离大同城三十里，康熙皇帝一边走，一边观赏景色，等到了云冈，天已昏黑。

智慧启迪

阿高和培姣有和厄运抗争的勇气，但因为没有周密的筹划，最终导致了失败。

云冈为什么庙大门小

提起云冈石佛，谁都知道大佛高入云天，耳朵眼里能下棋，手心能坐六个人。可那么大的佛，那么大的庙，却有一个小庙门。这里面有一段小故事。

「名师点拨」
作者用明暗相结合的方式说明云冈大佛的高大，既表达透彻，又生动形象。

康熙皇帝多次听别人说起云冈石窟的宏伟和精美，他决定亲临观赏。一天，他不带一兵一卒，到大同去私访。到了大同的第一件事，就是到云冈朝佛。

云冈离大同城三十里，康熙皇帝一边走，一边观赏景色，等到了云冈，天已昏黑。他便找人打听庙在哪里，过路人指着一个

「专家解疑」
方向：①指东、南、西、北等。②正对的位置；前进的目标。

门说："那就是庙门。"康熙皇帝顺着他指的方向走过去，只见眼前一个宽不够三尺、高不过一丈的庙门。

他心里很奇怪，人常说：云冈的佛有多高，山有多高，那庙也一定很大，可这门为什么这么小？于是，他上前去叫门，不一会儿，走出一个提着灯笼的和尚，康熙皇帝上前问道："老师父，这是云冈大庙吗？"

「智慧引路」
和尚说"小庙一座"乃是以主人的身份对客人一种谦虚的说法，康熙爷却一时没有会过意来，以为云冈庙真的是小庙。

和尚说："不敢，不敢，小庙一座，远方客官有何吩咐？"

康熙皇帝心想，人人都说云冈庙高佛大，可门这么小，和尚又说是座小庙，看来我是受骗了。这时，天已大黑，庙里的东西也看不清楚了，康熙皇帝决定住上一晚，明天看个究竟。于是他上前对和尚说："老师父，我是过路客人，天色已晚，在你们庙里住上一晚，可方便？"

和尚说："出家人以行善为本，客官别说一夜，就是十夜八夜也方便。"

「好词好句」
自言自语
名不虚传
*进了石窟，康熙简直不敢相信自己的眼睛，好大的石佛，好高的庙，佛像千姿百态，秀丽端庄。

第二天天刚亮，康熙皇帝就起床自己游逛起来。进了石窟，康熙简直不相信自己的眼睛，好大的石佛，好高的庙，佛像千姿百态，秀丽端庄。

康熙皇帝不禁自言自语地说："名不虚传，天下奇迹啊！不过，可惜这庙门太小了，我回京后要拨派银两重修庙门。"这时，太阳升高，康熙皇帝到洞外一看，只见山上山下，庙院里外，无花无木，一片荒凉。游览完毕，他便找和尚要来纸墨，写了四句话：

庙大门小假神像，

荒山秃岭穷山头，

拨下白银一万两，

重修庙门栽梧桐。

康熙皇帝写完封上，交给和尚说："一个月以后再打开看，照上边说的办。这里有白银二十两作为赏钱。如果提前开拆，那就……"说罢就要告辞，众和尚见此人口气不凡，哪敢怠慢，簇拥着送出庙门。

出了庙门，康熙皇帝抬头一看，好大一座庙门，宽两丈、高三丈，原来，康熙皇帝昨天晚上走的是后庙门。

康熙皇帝不由得一笑，自言自语地说："我也是'盲人摸象'啊！"

一个月以后，和尚打开康熙皇帝写的那卷纸一看，呆若木鸡，吓得全都跪倒了。这件事很快传到了大同府府官那里，赶忙打开银库拨银一万两，找手下人把康熙皇帝的圣旨看了半天也弄不清这重修庙门是往大修，还是往小修。

大伙七嘴八舌地吵了半天也弄不清。最后，还是府官拍板定案："云冈庙门是大同府三百八十九座庙院中最大的，皇上说'庙大门小'，又说重修，肯定是嫌这个门大，让咱们修个小门。"于是，就修了个小门。

为了显示威严，还在门下面修了个高台，门前栽了梧桐。可是第二年梧桐树就死了，又补栽了几棵松树和槐树，至今还活着。

「专家解疑」
怠（dài）慢：①冷淡。②客套话，表示招待不周。

「好词好句」
簇拥
盲人摸象
＊和尚打开康熙皇帝写的那卷纸一看，呆若木鸡，吓得全都跪倒了。

「名师点拨」
种植的梧桐树有的死了，有的活了，显得更加符合现实生活，显示出了文章内容的真实性，能够引起读者的共鸣。

智慧启迪

调查不明就盲目地下结论，只会让事情越来越糟。

名家品评

秦始皇鞭石筑城，气贯九霄；楚庄王诚厚待人，筑小台拢人心；回龙桥的传说更是告诉我们，只有谋定而后动，才能决胜于千里之外；云冈的庙门改动亦说明了凡事都应该了解清楚之后再下结论，一知半解就一锤定音只能误人误己。

中国地大物博，历史悠久，很多名胜古迹都有其故事来源，小朋友如果对此感兴趣，还需在以后的学习中作更加深入的了解。

阅读思考

1. 秦始皇嬴政为什么要修筑长城？
2. 楚庄王为什么要宴请各国君主？
3. 康熙爷为什么要拨款重修庙门？

>>> 外国卷

第五章
述人

自本章开始，我们一起了解一下外国的故事传说，在所表现的思想上，外国传说与中国民间故事有哪些异同之处呢？阿斯凯拉是一个聪明而勇敢的小伙子，那么命运之神会给他带来怎样的嘉奖呢？玛丽凯特是那么可爱而又孝顺的女孩，为什么会遇上灾难呢？伊凡王子与大灰狼之间到底发生了哪些有趣的故事呢？一切的答案都在本章之中……

三兄弟和玻璃山上的公主

从前有三兄弟，跟着他们的父亲以畜牧和种植为生。有一年，老农夫在山坡上开垦了一片新的草地。这块地的水土好极了，草长得很茂盛。可是夏至那天夜里，突然来了什么东西把草吃得干干净净，那个地方只剩下光秃秃的沙土了。

「名师点拨」引出矛盾，为后面三兄弟看守草场的故事做了铺垫。

老农夫认为是旁人搞的恶作剧，等到第二年草又长起来的时候，他决定派一个儿子去看守这片草场，以免发生同样的事情。

这个任务落到了老大的身上。

夏至这天夜里，老大一个人抱着被子跑到草棚子来守夜，他的胆子很小，生怕有什么妖怪闯进来。然而到了后半夜，他最担心的事情还是发生了。他正困得要命的时候，忽然听到草棚子被什么东西摇晃着，顶上的干草直往下落。老大吓得从床上滚下来，被子也不要了，拼命往家跑。第二天老农夫带人一看，草场又被吃得精光。

到了第三年的夏至，老农夫把老二叫来说："你哥是个胆小鬼，一点儿小动静就吓得他跑回来，你可别像他那样。"老二决定试一试，就拿了一把猎刀去守夜了。

老二也不敢睡觉，把猎刀紧抱在怀里，坐在草棚子的门背后。到了夜里，忽然一阵"轰隆隆"的敲门声。老二吓得大气都不敢出，也不敢出去开门。过了一会儿，敲门声没有了。他透过门缝向外面一看，什么也没有，赶紧冲出门撒腿就跑，刀也扔在那儿了。第二天老农夫一看，草还是被吃得精光。

又过了一年，夏至来了。老农夫对老三说："可别像你两个哥哥那样胆小，我要不是腿脚不方便就自己去了。你这次一定要把草场看守好。"两个哥哥看到任务落在了最小的弟弟身上，一起嘲笑他说："可千万要活着回来啊。"

老三叫阿斯凯拉，他虽然年纪小，却是一个勇敢的少年。他带上自己的剑，住到了那个草棚子里。夜晚降临了，阿斯凯拉心想，就算真的有怪物来，那也是一头吃草的怪物，有什么可怕的？

果然又来了。到了半夜草棚子被什么东西摇晃着，顶上的干

「好词好句」
精光
勇敢
*夏至这天夜里，老大一个人抱着被子跑到草棚子来守夜，他的胆子很小，生怕有什么妖怪闯进来。
*他透过门缝向外面一看，什么也没有，赶紧冲出门撒腿就跑，刀也扔在那儿了。

「专家解疑」
胆小鬼：胆量小的人（含讥讽意）。

「名师点拨」
两位哥哥的嘲笑向读者暗示了看守草场的凶险，对后面的故事情节起到了一定的渲染作用。

草直往下落。阿斯凯拉把剑拔出来握在手里。等了一会儿，“咚咚咚”又是一阵敲门声。阿斯凯拉还是按兵不动。等这些声响都平息了，传来一阵“咔嚓嚓”的什么东西啃青草的声音。阿斯凯拉举着剑冲出去，外面什么人也没有，只有一匹黑色的骏马，马鞍上还挂着一副青铜的盔甲。

「专家解疑」按兵不动：使军队暂不行动，等待时机。现也指接到任务后不肯行动。

阿斯凯拉心想，原来是一匹大马。他举起剑朝马扔过去，那马很驯服地站在那里一动不动。阿斯凯拉走过去摸摸马的鬃毛，又摸摸那精美的盔甲，那马朝他摇了摇尾巴。阿斯凯拉就把它牵到自己放牧的另一块草场，给它弄来一些好的草料，然后就回家了。

「好词好句」运气 刻骨铭心 *阿斯凯拉走过去摸摸马的鬃毛，又摸摸那精美的盔甲，那马朝他摇了摇尾巴。

老农夫第二天带着老大和老二去看，那块草地完好无损。两个哥哥心里很妒忌，就问阿斯凯拉：“夜里没有怪物闯进来吗？”

阿斯凯拉说：“可能是我运气好，什么事也没有发生。”

时间过得很快，转眼夏至又来了。虽然阿斯凯拉说没有什么妖怪，老大和老二还是不敢去守夜，那一回可怕的经历已经让他们刻骨铭心了，老农夫只好继续派小儿子去看守草场。阿斯凯拉去守夜的时候，呵呵，又收服了一匹灰色的大马，比那匹黑马更高大健壮，马背上有一副银色的盔甲。又过了一年，他又收获了一匹白色的大马和一副金色的盔甲，马和盔甲都完美极了。

「智慧引路」有付出才会有收获，有胆识和谋略才会取得成功，机遇从不会眷顾没有准备的人。

阿斯凯拉渐渐长成一个身强力壮的青年。他没有把盔甲和马的事情告诉父亲和两个哥哥。有一天，他们所在的王国发布了一道布告——国王的女儿长大了，选择今年冬天出嫁，可是求婚的人实在太多，国王只好让他们来一场比赛。他让女儿坐在王国的玻璃山上，求婚者中有谁可以骑马攀上那座山，就证明他是真正的勇士，有资格成为国王的女婿。

国王事先让人凿出一条路通向玻璃山的山顶，公主就坐在山顶上，而参赛者是不准走这条路的。山那么陡峭，像冰块儿一样光滑，怎么上去呢？有些人尝试了一下，摔得鼻青脸肿，马也受伤了。

国王见状就说："这项比赛确实有点儿困难。但是我的奖励是丰厚的！无论谁成为最后的勇士，他不仅会成为我的女婿，还将获得国土的一半，算是公主的陪嫁。"

农夫的三个儿子也听到了这个消息，老大、老二决定去碰碰运气，他们对阿斯凯拉说："你平时穿得又脏又破，没有一件像样的衣服，还是待在家里看门吧。"阿斯凯拉笑笑说："没关系，我就留下来陪着父亲。"

指定的比赛日到了，求婚的骑士们施展着自己的骑术向上攀登，可是玻璃山实在是太难攀登了，不一会儿就看见骑士们人仰马翻。虽然他们都很努力，可是都攀登不了多高就失败了。这时忽然听见一声嘶鸣，来了一匹黑色的骏马，马鞍和马嚼子都是青铜的，马上那骑士的盔甲也是青铜的，非常好看。

青铜骑士等旁人都退了下来，就最后一个向玻璃山进发。他的马跑到山三分之一的地方，终于累得不行了，他就调转马头准备回去。这时公主在山顶远远地望见青铜骑士，看到他比别人都走得更高，就扔给他一个金苹果。那骑士接住金苹果，什么也没说就走了。

「专家解疑」

资(zī)格：①从事某种活动所应具备的条件、身份等。②由从事某种工作或活动的时间长短所形成的身份。

「好词好句」

丰厚

关系

* 指定的比赛日到了，求婚的骑士们施展着自己的骑术向上攀登，可是玻璃山实在是太难攀登了，不一会儿就看见骑士们人仰马翻。

「名师点拨」

骑黑色骏马的到底是何方神圣？作者在此设下悬念，吸引读者，使故事情节跌宕起伏。

「专家解疑」
情形：事物呈现出来的样子。

国王见到这种**情形**，就把骑士们都召进宫说，既然没人能攀到峰巅，那位攀得最高的骑士理应成为优胜者。那个拿到金苹果的人可以站出来。然而没人站出来，也没人有金苹果。

阿斯凯拉的两个哥哥跟着骑士们一哄而散，回到家里他们开始谈论白天的事情。

老大说：“那骑士

的盔甲多么威风！”

老二说：“他的骑术多么高明！”

阿斯凯拉说：“我也想见见这位出色的骑士。”

两个哥哥嘲笑他：*“你还是留在家里烧火吧，你去那里会给我们家丢脸的。”*

第二天，两个哥哥又去看比赛。这次骑士们比昨天进步了一点儿，还有新的参赛者加入进来，可是他们离山顶的距离还是很远。到了最后，忽然来了一名骑士，身披银色的铠甲，骑着一匹灰色的大马。白银骑士攀到一半的地方终于也支持不住了。公主像昨天一样，也扔了一个金苹果给他。可是等国王召集骑士们寻找金苹果得主的时候，白银骑士也没影儿了。

阿斯凯拉的两个哥哥回到家里，继续谈论今天的比赛。

阿斯凯拉对他们说：“这个白银骑士比青铜骑士还要厉害，要是我能见见他就好了。”

两个哥哥说：“你还是省省吧，你知道白银骑士多么高贵吗？你靠近他的身边会自惭形秽的。”

到了第三天，同样的事情发生了，其他骑士还是攀不上玻璃山。最后，一位穿金色盔甲的骑士，骑着一匹白色的骏马飞驰而来。骑士像箭一样冲上山顶，公主还没有看清楚他的脸，骑士已经到了她的面前，拿走了第三个金苹果。

国王召集起所有的骑士，还是找不到一个拥有金苹果的人。他生气了：

「智慧引路」

人不可貌相，海水不可斗量。狂妄自大是无知和愚蠢的表现，任何人都有自己的优点和长处，轻视别人最终只会损人不利己。

「好词好句」

谈论

高贵

*骑士像箭一样冲上山顶，公主还没有看清楚他的脸，骑士已经到了她的面前，拿走了第三个金苹果。

「专家解疑」

自惭形秽：原指因自己容貌举止不如别人而感到惭愧，后来泛指自愧弗如别人。

难道这些优秀的骑士都不愿意娶我的女儿吗？他下令把所有善于骑马，甚至养马的人都找来，挨个盘问他们有没有金苹果。

阿斯凯拉三兄弟也被带到王宫外面。国王问：“你们有金苹果吗？”老大、老二摇摇头。只见阿斯凯拉脱掉身上的破衣服，露出一身金色的铠甲，他从衣袋里拿出金苹果，一个，两个，三个。

「名师点拨」作者在文章接近尾声时才揭开谜底，使故事情节既在情理之中，又出人意料，是本篇文章的精彩之处。

国王高兴极了。阿斯凯拉成了国王的女婿。当晚，国王就为他和公主举行了隆重的婚礼，并送给他一半的国土。从此，他和公主过上了幸福美满的日子。

智慧启迪

轻视别人是自身浅薄的一种表现。

渔夫的女儿

在菲律宾的邦阿西楠省，有一个林加延海湾。传说，在海湾深处，会突然出现一个漩涡，这个漩涡会把游到它附近的人吸到海底。每一年，都会有一个人丧生在这个可怕的漩涡中。据说大多是年轻的姑娘。这是为什么呢？原来，这里有这样一个故事：

「好词好句」
漩涡
迷人
*传说，在海湾深处，会突然出现一个漩涡，这个漩涡会把游到它附近的人吸到海底。

很久很久以前，在海湾深处，住着一个海湾之神，名叫马克西尔。

马克西尔有一个女儿，长得漂亮迷人，活泼可爱，马克西尔极其疼爱她，她要什么就给什么。他是个慈祥的父亲，每天，都会抱着亲爱的女儿，在海上轻轻地荡着秋千，所以海面上经常风平浪静。

「专家解疑」
风平浪静：没有风浪，水面很平静，形容平静无事。
兴（xīng）风作浪：比喻挑起事端或进行破坏活泼。

可是，有一天，马克西尔的女儿忽然得了一种怪病，马克西尔把最好的大夫找来，也没有治好女儿的病，女儿死了。从此，马克西尔像变了一个人，动不动就火冒三丈。

原本用来荡秋千的海水，现在成了马克西尔发泄怒火的最好场所。心情一不好，他就兴风作浪，顿时，天就变得阴沉沉的，暴雨也肆无忌惮地下起来。附近的人们都非常害怕他。

离海湾不远，住着一对打鱼的夫妻，每天以打鱼为生。夫妻俩也有一个女儿，叫玛丽凯特。*玛丽凯特聪明勤快，也很爱爸爸妈妈，每天都会早早起来，帮助妈妈做家务。*夫妻俩很疼爱这个女儿，认为她是他们最珍贵的宝贝。一家人愉快地过着日子。

「智慧引路」
小朋友在家里也应该学会做一些力所能及的家务事，向玛丽凯特学习，做一个孝顺、体贴父母的好孩子。

玛丽凯特很喜欢沿着海岸走，跟海螺说说话，帮乌龟回到海里，逗逗迷路的螃蟹。玛丽凯特的爸爸告诫她，一定不要走得太远，如果不小心碰到海湾之神，说不定就会被抓走的。玛丽凯特是个听话的孩子，一直都在屋子附近玩儿。

可是，有一天，玛丽凯特沿着海岸寻找美丽的贝壳，不知不觉地，就走出屋子好远。她一直沿着海岸走，就走到了一个隐蔽的小湾。这个小湾风景优美，海水轻轻地拍打着海岸，还有许多奇异的鱼和小鸟。

玛丽凯特从来没见过这么美丽迷人的小湾，她忍不住在海岸上又是唱歌又是跳舞，一直到天快黑时，才赶紧跑回家。

「好词好句」
不知不觉
迷人
* 她忍不住在海岸上又是唱歌又是跳舞，一直到天快黑时，才赶紧跑回家。

爸爸找不到玛丽凯特，正在家里着急，一见到她回来，马上问："我亲爱的女儿，你终于回来了！你去哪里了？"

「好词好句」
兴奋
严肃
* 那是海湾之神睡觉的地方，他要是看见你，会把你吃掉的！

玛丽凯特兴奋地说："爸爸，爸爸！我发现了一个好玩儿的小湾，太美丽了！沿着海岸一直走就到了。为什么你以前从没带我去过呢？"

爸爸一听，吓了一跳，拉着玛丽凯特的手说："我亲爱的女儿，你怎么会跑到那里！那是海湾之神睡觉的地方，他要是看见你，会把你吃掉的！以后，不要再去了！"

玛丽凯特看到爸爸严肃的眼神，就答应了。可是，她心里想，这么美丽的地方，怎么会有危险呢？海湾之神为什么要吃人呢？爸爸肯定是骗我的。

第二天，趁着爸爸不注意，玛丽凯特又跑到那个美丽的小湾

去了。这次，可怕的事情发生了。

原来，这真的是马克西尔睡觉的地方。昨天，马克西尔看到有人来到这里，正要发怒，忽然发现这个小女孩儿长得跟他的女儿很像，而且，又唱又跳的，非常可爱。他不禁想：如果我让这个女孩子做我的女儿，那么，我就不会这么伤心了吧！于是，马克西尔决定，等玛丽凯特再来时，就把她留下。

玛丽凯特来到小湾，又在那里快乐地笑着，又唱又跳。这时，她看见小湾里的海水忽然向两边分开，海底出现了一条窄窄的通道，一个很大很大的乌龟从里面走出来。

玛丽凯特惊讶极了，一动不动地看着这一切。

乌龟走到玛丽凯特跟前，对她说："亲爱的玛丽凯特，欢迎你到这里来，海湾之神要见你，请跟我走吧。"

玛丽凯特想起爸爸的话，想转身回去，可是，不知怎么回事，她不由自主地跟着乌龟走了。

海里有很多很多美丽的花草，奇怪的石头，还有各种各样的鱼。鱼儿们看见玛丽凯特，热情地向她打招呼："欢迎你，美丽的玛丽凯特！"玛丽凯特很快被周围的景象迷住了。

忽然，乌龟停住了脚步，玛丽凯特也连忙站住。她这才发现，自己到了一个用水晶做成的宫殿里。*抬头一看，宝座上坐着一个慈祥的老人，*头上戴着一顶用珍珠做成的王冠，手里拿着一根鳗鱼形状的银杖。这就是海湾之神马克西尔。

马克西尔温和地说："亲爱的玛丽凯特，别害怕，我不会伤害你的。我是海湾之神马克西尔，如果你做我的女儿，我会非常

「专家解疑」
不禁(jīn)：抑制不住；禁不住。

「好词好句」
通道
欢迎
*海里有很多很多美丽的花草，奇怪的石头，还有各种各样的鱼。

「智慧引路」
大奸若忠，大盗若圣；大恶若善，大伪若真；大逆若孝，大敌若友；大害若益，大愚若智。小朋友在以后的人生中，会遇到形形色色的人，自己一定要做出准确的判断，不要被别人的外表所欺骗。

「好词好句」
疼爱
华丽
＊美人鱼们都来了，给她穿上缀着美丽花朵的银色长袍，戴上一顶珍珠花冠和一串闪着奇异光芒的贝壳项链。

疼爱你。在这里，你想干什么就干什么，所有的人都会听你的话。你会有很多的仆人，有漂亮的衣服和首饰，还有吃不完的美味。”

玛丽凯特说：“可是，可是我有爸爸妈妈呀！我要是做了你的女儿，他们怎么办呢？”

马克西尔说：“玛丽凯特，只要你愿意做我的女儿，我会给你的爸爸妈妈很多很多的钱，他们就不用辛苦地捕鱼了。”

玛丽凯特想了好久，说：“可是，爸爸妈妈会很想念我的。我不能做你的女儿，求求你，让我回家吧！”

“不行！绝对不行！”马克西尔一声大叫，马上由一个温和的老人变成了一个半鱼半人的怪物，他的声音也变得像波涛那样低沉，整个海底好像都晃动起来。

「专家解疑」
低沉：①天色阴暗，云层厚而低。②(声音)低。③(情绪)低落。

马克西尔恶狠狠地瞪着玛丽凯特，说：“我是不会放你回去的，除非你答应做我的女儿！”接着，他把她关进一间华丽的房子里，吩咐虾兵们看守她。

美人鱼们都来了，给她穿上缀着美丽花朵的银色长袍，戴上一顶珍珠花冠和一串闪着奇异光芒的贝壳项链。其他的鱼儿们还为她表演各种各样的笑话、魔术、杂技，来逗她开心。

可是，玛丽凯特还是非常想念爸爸妈妈，她不停地哭泣，嚷着要回家。

「名师点拨」
作者用插叙的手法让阿古拉出场，让玛丽凯特的命运从此改变，使故事更加曲折，吸引人。

马克西尔的仆人中，有一个叫阿古拉的。她看见玛丽凯特整天哭泣，就说：“孩子，马克西尔是不会放你回去的。你就答应他吧，否则，他会杀了你的！”

“可是，我很想念我的爸爸妈妈呀！他们一定在到处找我呢！”玛丽凯特哭着说。

阿古拉叹了口气说：“孩子，你不要着急，我一定会想办法帮你的！”

「智慧引路」古今中外，世上总会有很多的好人，他们助人为乐、施恩不图报，正是因为有这些人的存在，人间才会充满温暖，世界才会更加美丽。

晚上，阿古拉在茶水里放了些催眠药，端给看守玛丽凯特的虾兵们，他们很快就睡着了。阿古拉赶紧叫醒玛丽凯特，带着她偷偷地溜出宫，来到事先藏好的小船前。然后，她帮助玛丽凯特把船划出了海面，玛丽凯特就使劲朝自己家划去。

玛丽凯特的爸爸因为思念女儿，很晚的时候，还在海岸上转悠。忽然，他发现海面上有一只小船，正飞快地向这边驶来。再仔细一看，船上坐着的，不正是亲爱的女儿吗？

船刚一到海边，爸爸就跑上前去，一把抱住了玛丽凯特。玛丽凯特**高兴**地哭了起来。

等虾兵们醒来，发现玛丽凯特已逃跑时，玛丽凯特已经在爸爸妈妈的身边，幸福地睡着了。

马克西尔**大发雷霆**，气愤地说：“我一定要找到一个愿意做我女儿的姑娘！”

从此以后，每一年，都会有一个年轻的姑娘被突然出现的漩涡吸进海里去。

「专家解疑」

高兴：①愉快而兴奋。②带着愉快的情绪去做某件事；喜欢。

大发雷霆：比喻大发脾气，高声训斥。

智慧启迪

听从他人的劝诫，借鉴别人的经验可以让自己避免不必要的麻烦。

伊凡王子和大灰狼

古时候，在俄罗斯东部，有一个小王国。国王的名字叫别连杰，他有三个儿子，小儿子叫伊凡。伊凡王子心地善良，最受爸爸的疼爱。*两个哥哥非常嫉妒，恨不得把弟弟杀死。*

「智慧引路」煮豆燃豆萁，豆在釜中泣。本是同根生，相煎何太急？作为哥哥，应该爱护、照顾弟弟，兄弟团结一体。该文中两位哥哥的思想是错误的，小朋友们要注意明辨。

国王有一个后花园，里面种了一棵苹果树，上面结了很多的金苹果。金苹果很大，青里透红，闪着金光，芳香扑鼻。可是，每天晚上都有人来偷金苹果，金苹果一个晚上少一个。国王非常恼怒，派卫兵在花园日夜守卫。但几天过去了，没有抓到一个人。金苹果照样被偷走。

国王十分郁闷，坐在那里想办法。大王子自告奋勇，要求去守护金苹果。国王同意了。大王子手提宝剑，威风凛凛地来到苹果树下，等着偷苹果的小偷出现。天很快黑了，月亮还没有挂上树梢，大王子便开始打瞌睡。后来他实在撑不住了，就躺在柔软的草地上，呼呼大睡。等他醒过来时，太阳已经出来了，再一看苹果树上，又少了一个金苹果。

「好词好句」
沉思
守护
*等他醒过来时，太阳已经出来了，再一看苹果树上，又少了一个金苹果。

大王子非常懊悔，又不敢对国王说实话。便撒谎说：“父王，我在树下站了一夜，连眼都没眨一下，没发现一个小偷。苹果肯定是怪物偷走的。”

国王没有办法，又沉思起来。二王子也要求去守护金苹果，二王子往苹果树下一站，和哥哥一样，到了天黑，就支撑不住了，躺在柔软的草坪上，呼呼大睡起来。一睁眼，天已大亮。他也向父王禀报说没有发现小偷。

「专家解疑」
禀（bǐng）报：向上级或长辈报告。
静悄悄：状态词。形容非常安静没有声响。

轮到小王子伊凡了。伊凡来到金苹果树下，看到苹果树枝叶繁密，就躲到树上。苹果叶把伊凡遮得严严实实，在外面看不到里面有人呢！他静静地等着小偷来偷金苹果。

天已经很黑了，伸手不见五指，周围静悄悄的。伊凡连眼都不敢眨一下，一直盯着树上的金苹果。突然，他听见“扑棱”一声，一团火向苹果树飞来。不一会儿，它飞到苹果树旁。伊凡一看，是一只“火鸟”，全身像火一样发光。

火鸟悄悄地飞到苹果树上，它没有发觉躲在里面的伊凡。它飞到一个金苹果上面，用嘴啄着吃。*伊凡悄悄用手去抓它，一把抓住火鸟的尾巴。*火鸟一惊，扑扇翅膀飞走了。伊凡只抓到一根羽毛。

「智慧引路」
好不容易见到了偷吃苹果的火鸟，伊凡却能够机智沉着，不慌不忙，这是一种十分难得的优良品格。

他带着火鸟的羽毛去见国王，国王早就等着呢！伊凡把事情的经过，全都告诉了国王。国王一看伊凡手中的鸟毛，非常开心，终于找到偷苹果的凶手了。他说：“我的孩子们，你们三个都出去找火鸟吧！谁要是找到的话，我的国王位置就让给他坐。”

两个大王子一听，生怕弟弟伊凡先捉到火鸟，抢了国王的宝座，就连夜出发找火鸟去了。

伊凡不慌不忙，收拾好行李，骑上自己的千里马，开始找火鸟。他向东方走去，走了很远，来到一片森林。伊凡王子有点儿累了，便跳下马休息，躺到旁边的大树下，很快就睡着了。忽然，他听见千里马的悲鸣声，好像遇到坏人了。他吃了一惊，睁眼一看，

「好词好句」
出发
不慌不忙
*伊凡王子有点儿累了，便跳下马休息，躺到旁边的大树下，很快就睡着了。

「专家解疑」
奄（yǎn）奄：形容气息微弱。
情不自禁：抑制不住自己的感情。

「好词好句」
帮助
城堡
＊伊凡爬上灯塔，小心翼翼地捉住火鸟，放到怀里。
＊阿夫伦国王的士兵跑过来，抓住了伊凡王子。

「名师点拨」
到底鸟笼有何可怕之处？作者抓住读者好奇的心理设下悬念，吸引了读者的阅读和探知欲望。

一只大灰狼正咬着千里马的脖子，千里马已经奄奄一息了。伊凡大怒，跳了过来，一脚踹倒大灰狼，抽出宝剑，想把大灰狼的脑袋砍下来。

大灰狼赶紧说："英雄饶命啊！"

伊凡觉得很奇怪，大灰狼竟然会说话。他停住手，问大灰狼："你咬死我的千里马，我为什么要饶了你？"

大灰狼说："你的千里马反正已经死了。你留着我，我可以帮助你呀！"

伊凡王子说："我要去找火鸟，你能帮我吗？"

大灰狼笑着说："只有我知道火鸟在哪儿。"

伊凡王子一听，就放了大灰狼，和它一块儿去找火鸟。

大灰狼背着伊凡王子，飞快地往东方跑，一连跑了几天。这一天，来到一个城堡，大灰狼对伊凡王子说："火鸟就关在对面的灯塔里，你去把它偷出来吧！切记，不要碰那个金鸟笼啊！"说完，它告诉了伊凡王子行走的路线。

伊凡王子按照大灰狼所说的，偷偷来到灯塔下面，看见火鸟被关在一个金光闪闪的鸟笼里，挂在灯塔的最高处。

伊凡爬上灯塔，小心翼翼地捉住火鸟，放到怀里。正要走，他看见漂亮的金鸟笼，有些手痒，情不自禁地摸了一下。这下坏了，铃声四起，到处都是警铃声。阿夫伦国王的士兵跑过来，抓住了伊凡王子。

阿夫伦国王见到伊凡，非常生气地说："你是别连杰国王的小王子，竟然来偷东西？"

伊凡说："这只鸟偷吃了我们很多金苹果，所以我要带它回去。"

阿夫伦国王说："想带走火鸟不难。你要完成一件事：把库斯曼国王的金鬃马带来给我，火鸟就是你的了。"

「智慧引路」
欲取之，必先予之。天下没有免费的午餐，想得到任何东西都是要付出代价或努力的。

伊凡王子答应了，和大灰狼一块儿去找库斯曼国王。大灰狼埋怨伊凡："谁让你不听我的话，碰鸟笼干什么？"伊凡连声道歉。

很快他们来到库斯曼国王的城堡，跑到国王的马房。大灰狼嘱咐他："你牵金鬃马的时候，千万别碰马鞭。"

伊凡答应了，偷偷跑到马房，看见金鬃马正吃着草，便把它牵了出来。临走时看见马鞭上全是宝石，他心里一动，又摸了一下。结果，到处都是警铃响，他又被抓住了，被带去见国王。

库斯曼国王说："你把大马尔特国王的女儿叶烈娜抢来，我的金鬃马就送给你。"

「名师点拨」
作者省略了伊凡与库斯曼国王之间的对答，只说出了库斯曼国王的交换条件，使文章更加简洁凝练。

伊凡只好又去偷叶烈娜公主。这次他吸取教训，说什么也不碰别的东西，很顺利地把公主偷了出来。

伊凡抱着叶烈娜公主，骑在大灰狼背上，飞快地往库斯曼国王城堡赶。刚走了一半路程，伊凡哭了起来。大灰狼问他："亲爱的王子，你为什么哭呀？"

"我喜欢上公主了，不想送给国王。"

大灰狼马上想出了一个好主意。伊凡把叶烈娜公主藏到树林里，让大灰狼变成公主，去见库斯曼国王。国王很高兴，马上把金鬃马给了伊凡，伊凡骑着马走了。

等了一会儿，大灰狼现出原形，吓死了国王，就跑出来和伊

「好词好句」
喜欢
原形
*伊凡把叶烈娜公主藏到树林里，让大灰狼变成公主，去见库斯曼国王。

凡会合，继续赶路。

快走到阿夫伦国王的城堡时，伊凡又喜欢上金鬃马了。大灰狼马上又变成金鬃马，让伊凡牵着见国王。国王非常高兴，把火鸟连带金笼子都送给伊凡，伊凡走了。国王大摆筵席，在大臣们面前夸耀自己的骑术，正要骑金鬃马，没想到金鬃马变成了大灰狼，国王吓得当场晕倒了。大灰狼趁乱跑了出来，在树林里又和伊凡王子会合。

伊凡王子非常高兴，他抱着叶烈娜公主，骑着金鬃马，手里提着金鸟笼，高兴地往家走，大灰狼在后面跟着。金鬃马的速度非常快，像飞一样，一会儿就飞到了王城。伊凡王子提着火鸟和金笼子去见父王。这时两个哥哥还没有回来呢！国王一看火鸟捉到了，非常高兴，马上下令，让伊凡王子继承自己的王位，成为新国王。

伊凡国王继位将近半年了，两位哥哥才空手赶了回来，看到弟弟已经当了国王，没有办法，只好上前贺喜。伊凡国王宽宏大量，对于两位哥哥以前的劣迹，既往不咎，还封了一大片地给他们，让他们自己去生活了。

伊凡国王和王后叶烈娜在王城里快快乐乐地生活着，生活幸福美满。至于那只大灰狼，仍旧留在王宫里，陪着伊凡国王，还经常为伊凡国王治理国家而出谋划策呢！

「专家解疑」

筵（yán）席：指宴饮时陈设的座位，借指酒席。

祸起萧墙：祸乱发生在家里，泛指内部发生祸乱。

亲痛仇快：亲人痛心，仇人高兴。也说亲者痛，仇者快。

「好词好句」

幸福美满

出谋划策

*伊凡国王宽宏大量，对于两位哥哥以前的劣迹，既往不咎，还封了一大片地给他们，让他们自己去生活了。

智慧启迪

兄弟齐心，其利断金，祸起萧墙只会亲痛仇快。

富人和穷汉

「好词好句」
暴躁
训斥
* 每天晚上，邻居们都会来穷汉家，听他讲有趣的故事，屋子里充满了欢声笑语。
* 看到穷人皱着眉头，一副忧愁的样子，富人乐得睡梦里都在“嘿嘿”笑。

「智慧引路」
那个富人不从自己身上找原因，却因为嫉妒而做不利于他人的事情，这种做法是错误的。

古时候，有一个穷汉，心肠很好，还很会讲故事。每天晚上，邻居们都会来穷汉家，听他讲有趣的故事，屋子里充满了欢声笑语。

穷汉在一个富人家干活儿。这个富人脾气很暴躁，动不动就发牢骚，训斥别人。他的家人都很怕他，不敢跟他说话。因此，富人家里总是冷冷清清的。

富人看到穷汉整天开开心心的，就非常生气，心想：“我天天住在豪华的屋子里，吃着山珍海味，穿着绫罗绸缎，还有这么多烦恼。穷汉什么都没有，怎么可以那么高兴？我要想个办法，让他烦恼。”

*第二天，富人就把穷汉解雇了。*他想，如果穷汉没有工作，就没有东西吃了。没有东西吃，他当然就不会那么高兴了。

果然，穷汉被富人解雇后，家里就少了很多的笑声，邻居们也不怎么来了。看到穷人皱着眉头，一副忧愁的样子，富人乐得睡梦里都在“嘿嘿”笑。

一天，穷汉对妻子说：“再这样下去也不是办法，我出去找点儿活儿干吧。”

妻子答应了，想帮丈夫收拾一下出门的东西，可是，实在找不出什么来，只好给他一个边缘有缺口的木碗，希望能派上用场。

穷汉把木碗扣在头上，就上路了。走到海边时，他看到有艘船上缺人手，船长正急着招人。穷汉就请船长收下他，船长高兴地同意了。船很快就起航了。

船在海上平静地行驶着，再过两天，他们就会到达目的地了。这时，天空忽然变得阴沉沉的，狂风大作，暴雨也肆无忌惮地下起来，他们的船被打得摇摇晃晃的。原来，他们遇上大风暴了。

船禁不起风暴的袭击，在几经挣扎之后，很快就沉没了。穷汉趴在一块木板上，拼命地往最近的一个小岛上划。

终于，他划到了岸边。看到岸上有人，他满以为这下子有救了。谁知道，他刚一爬上岸，就被这些人用绳子捆了起来。

原来，这是一座孤岛，岛上的人和外界基本上没有什么来往。他们穿着奇异的服装，过着有些原始的生活。现在，他们看到一个穿着与自己不一样的人出现，非常吃惊，就把他抓起来，送到头领那里。

这时正是夏天，天气非常炎热，头领在一棵大树下坐着，手下人用树叶给他扇着风。头领一看到穷汉，就凶狠地说：“这个岛上从来没有外人敢上来，你是什么人？竟然敢跑上来！难道，你不怕我把你扔到海里吗？”

穷汉战战兢兢地说：“尊敬的大王，我不知道这里不让外人来啊！求您饶了我吧！我所在的船遇上风暴，沉海了。很多人被淹死了，我趴在木板上游到了这里，请大王不要杀我，救救我吧！”

头领盯了他好久，似乎在思考，然后说：“我为什么要饶了你呢？这样吧，如果你有什么宝贵的东西献给我，我就饶了你！要不然，马上把你扔到海里去！”

「好词好句」
袭击
奇异
*天空忽然变得阴沉沉的，狂风大作，暴雨也肆无忌惮地下起来，他们的船被打得摇摇晃晃的。

「名师点拨」
如果穷汉没有被抓，他的命运就不会改变，穷汉的遭遇改变了两个人的命运：穷汉由穷变富；富人失去自由。

「专家解疑」
战战兢（jīng）
兢：状态词。①形容因害怕而微微发抖的样子。②形容小心谨慎的样子。

穷汉想不出身上有什么贵重的东西，只好拿出木碗说："大王，我是个穷汉，没有什么值钱的东西，只有这个木碗。"

头领把木碗拿在手里，仔细看了很长时间。他竟然从来没见过这个东西，就问穷汉："这是个什么宝贝？能干什么用？"

「智慧引路」世界上，有很多东西在不同的场合能够发挥出不同的功用，人亦如此。

穷汉回答道："大王，这是我们家吃饭的碗。我在外面干活儿时，就把它扣在头上，可以遮遮太阳。"

头领很好奇，就把木碗扣在头上，走到太阳下面。啊！真的凉爽了不少呢。头领非常高兴，就对穷汉说："我喜欢这个宝贝！我决定饶了你。你有什么要求，尽管提出来吧。"

「专家解疑」决(jué)定：①对如何行动做出主张。②决定的事项。③某事物成为另一事物的先决条件；起主导作用。

欢声笑语：欢笑的声音和话语。

穷汉就说："只要大王让我回家就行了。"

头领马上答应了，并且，他还拿出一大把红玛瑙、蓝宝石、绿松石之类的东西，交给穷汉，说道："这些玻璃块儿很漂亮，你拿回去给孩子们玩儿吧。"

穷汉高兴地把宝石装起来，去海边搭了一艘船，回家了。

回到家，穷汉买了很多很多好吃的东西，家人们都很高兴，欢声笑语又重新从屋里传出来。一顿丰盛的晚餐后邻居们又跑来听穷汉讲故事了。

富人听说出去干活儿的穷汉回来了，又听到屋里有了笑声。心想："前一段时间，穷汉不是很不高兴吗？怎么现在又高兴起来了？难道穷汉在外面赚了大钱？还是有什么奇遇呢？"一连串的疑问让富人一夜都没睡好觉。

「好词好句」善良

诚实

*第二天一大早，富人就跑到穷汉家，装作向穷汉道歉，询问穷汉发生了什么事。

第二天一大早，富人就跑到穷汉家，装作向穷汉道歉，询问穷汉发生了什么事。穷汉是个善良、诚实的人，看到富人假惺惺的关心，就认为富人已经变好了。

他不仅热情地招待了富人，还把自己的奇遇告诉了富人。

富人听到穷汉得了很多的宝石，心里非常嫉妒。他想：“穷汉用一个木碗，就换了这么多宝石。如果我备上精美的礼物，那不是会换来更多的宝石吗？”

「智慧引路」
嫉妒是一种毒药，不仅会蒙蔽人的心智，更会腐蚀一个人的灵魂。

于是，富人吩咐家人做好各种各样的美味佳肴，放在一个箱子里，又在另一个箱子里放上火腿、面包和奶酪，还有一个箱子里装满华丽精致的衣服。然后，他把箱子都放在船上，带了几个仆人，就向着穷汉说的孤岛出发了。

富人在海上漂了好几天，终于来到了那个孤岛。刚一上岸，富人也像穷汉那样，被一群人抓到头领那里，头领的头上扣着穷汉送的木碗。

还没等头领问话，富人就主动打开箱子，笑眯眯地对头领说：“大王，我专程来到贵岛，向您献上我最诚挚的问候。”

头领很疑惑地看着富人，但是，那些美味实在是太诱人了，那些华丽的衣服也在箱子里闪闪发光。头领和手下人实在忍不住，开始挨个品尝美味，试穿衣服。

「好词好句」
精致
主动
* 刚一上岸，富人也像穷汉那样，被一群人抓到头领那里，头领的头上扣着穷汉送的木碗。
* 头领很疑惑地看着富人，但是，那些美味实在是太诱人了，那些华丽的衣服也在箱子里闪闪发光。

富人微笑着站在一边，信心百倍地等着头领下令，给他的箱子装满宝石。

头领吃饱喝足，穿上华丽的衣服。一抬头，看见了旁边可怜巴巴的富人，就拍着他的肩膀，说：“你献上的东西真是太好了！所以，我决定不杀你了！我会把你留下，专门为我做这些美味的东西。”

「专家解疑」
华丽：美丽而有光彩。

「专家解疑」
哭笑不得：哭也不是，笑也不是，形容处境尴尬，不知如何是好。

富人一听，哭笑不得，立刻就傻眼了。头领以为他还不满意，想了想，又说："这样吧，为表示我的诚意，我会再送给你一个我最珍爱的宝贝。"

说完，头领就从头上摘下穷汉送的那个木碗，郑重地扣在富人的头上。

智慧启迪

「哲理名言」
临渊羡鱼，不如退而结网。

临渊羡鱼，不如退而结网。嫉妒他人，不如努力改变自己。

名家品评

阿斯凯拉凭借自己的机智和勇敢不仅获得了三匹宝马，还娶到了美丽的公主，赢得了幸福的人生；玛丽凯特一番孝顺之心终于感动了阿古拉，并通过其帮助逃脱了魔爪，与父母团圆；伊凡王子的善良和勇敢也得到了回报；那位为富不仁、心胸狭窄的富人最终也受到了惩罚。这些故事都说明了机智、善良、勇敢是通往成功和幸福的阶梯。

阅读思考

1．阿斯凯拉是如何娶到公主的？

2．玛丽凯特为什么要拒绝做马克西尔的女儿？

3．大灰狼是如何帮助伊凡王子的？

第六章
说物

在传说故事中，世间有很多奇奇怪怪的物件能够发出神奇的魔力，让一些人的生活甚至是人生发生巨大的改变。下面我们一起看一下一个小小的磨盘如何磨出无尽的面粉？一架金纺车如何道出不为人知的惊天之秘？一个小小的木汤勺又是如何自行做出美味可口的珍馐佳肴？小朋友，这些故事都很有趣吧，那就让我们一起拭目以待。

「专家解疑」
拭（shì）目以待：擦亮眼睛等待着，形容殷切期望或密切关注事态的动向及结果。

小磨盘

从前，有一对老人孤零零地住在乡下，他们没有儿女也没有钱，生活得很清苦。

「名师点拨」
作者用简洁的语句交代了故事发生的背景，为后文神仙的出现以及他对这对贫困老夫妻的帮助作铺垫。

有一天，门口来了一个脏兮兮的陌生人向他们讨吃的。老头子说：“外乡人，我们无儿无女，日子过得也很穷，只能给你一点儿荞麦粥喝了。”于是叫老太婆舀了一碗粥给陌生人。

陌生人说：“我能看看您家的厨房吗？”

「智慧引路」
陌生人不是不相信，而是想了解老头子家里的具体情况，然后再帮助他们。

*老头子以为他不相信，就领他去看。*陌生人看见锅里只剩下一丁点儿荞麦粥，老两口自己恐怕都不够吃了。陌生人走到院子里说："这里还缺一磨盘呢，要是有只公鸡养着，就热闹一些了。"

他像变戏法一样从背包里拿出一小磨盘和一只公鸡，送给了老两口。

老两口的生活一下子就变了。那磨盘，只需要一粒粮食就可以磨出一桶面粉来，这样，不但他们的口粮有了，大公鸡也能吃个饱。老两口再也不用辛苦地做活儿了，他们觉得自己一定是遇到了神仙。

「哲理名言」
世上没有不透风的墙。

可是世上没有不透风的墙。好景不长，小磨盘的事情被大地主知道了。这个大地主是当地的恶霸，农奴在他的庄园里干活儿，地位卑下，遭遇悲惨。地主任意侮辱、打骂农奴，也可以把他们像牲口一样任意买卖。他们没有人身自由，都是地主的私有财产，稍不合意就会被流放到西伯利亚或者受到惩罚。

「好词好句」
化装
撒谎
*他们没有人身自由，都是地主的私有财产，稍不合意就会被流放到西伯利亚或者受到惩罚。

地主紧握着拳头，满脸怒容心想："如果我把这磨盘弄来，就可以省下好多的粮食，这可是不要本钱的买卖啊。那些该死的农奴，把他们都卖掉！"

于是地主化装成一个猎人——皮衣皮帽还藏着一把火枪，在一个刮大风的夜晚跑到老两口家里。他撒谎说自己迷了路，回不去了，天太冷，想借宿一晚。

老两口是好心肠的人，就答应了。可第二天早上醒来，那个借宿的人早就不见了。老两口想磨面粉做饭，可磨盘被偷走了！

「名师点拨」作者在前文埋下伏笔，现在终于点出了公鸡的作用。

老两口难过得直想哭。公鸡听见了，走进来对他们说："你们不要悲伤，那磨盘一定是被地主偷去了。我一定要去把它弄回来。"

老两口担心地说："你一只公鸡怎么能斗得过地主呢？他会放狗出来咬死你的。"

大公鸡说："你们不要担心，我的本领和小磨盘一样大。"说完就告别老两口，向地主的庄园飞去。

「好词好句」河流 勇敢 *公鸡继续往前飞，又遇见了狐狸、獾和狼，他们听说这只不寻常的公鸡要去找地主报仇，都要求一起去惩罚那个坏人。

公鸡飞过河流，飞过田野，遇见了一只老鹰。老鹰惊奇地喊道："你真厉害！还从没见过飞这么高，飞这么快的公鸡呢！你要去哪里？"

公鸡说："昨天地主化装成猎人，把我家主人的小磨盘偷走了。我要去找地主讨回来！"

老鹰说："你真是一只勇敢的公鸡！我来帮你吧！"

"谢谢你，你可以爬进我的嗉囊里，我飞得很快。"

于是老鹰爬进了公鸡的嗉囊。说来也奇怪，小小的嗉囊居然把老鹰装下了。公鸡继续往前飞，又遇见了狐狸、獾和狼，他们听说这只不寻常的公鸡要去找地主报仇，都要求一起去惩罚那个坏人。公鸡请他们都钻进自己的嗉囊里。

「专家解疑」嗉(sù)囊(náng)：鸟类的消化器官的一部分，在食道的下部，像个袋子，用来储存食物。通称嗉子。

公鸡飞啊飞啊，终于到了地主的庄园。这一天，地主因为得了神奇的宝贝，正在家里大宴宾客呢！他一边向亲朋好友们炫耀，一边盘算着现在可以卖掉多少个种粮食的农奴。公鸡降落下来，停在他家的房顶上，用力扇动翅膀，把沙土全都扇到地主的饭桌上去了，公鸡大声唱道：

"咕加哩咕，狠心地主偷磨盘，不还就要闹翻天。"

*地主看见这只公鸡在屋顶唱，把他的丑事都抖出来了，*就叫用人们爬上屋顶把公鸡捉住。他恼怒地叫道："把这个饶舌鬼丢进鸡笼，让我的鸡把它啄死！"

公鸡被丢进鸡笼之后就大声喊："老鹰，老鹰快出来，把地主的鸡都啄死。"老鹰从嗉囊里出来，把那些鸡全部啄死，然后告别大公鸡飞回森林里去了。公鸡又飞到窗台上唱：

"咕加哩咕，狠心地主偷磨盘，不还就要闹翻天。"

"该死的，"地主听见公鸡的叫声大喊，"我的鸡怎么没有啄死它？快把这个饶舌鬼抓住丢进鹅舍，让我的鹅把它拧死！"于是用人们又把大公鸡从窗台上赶下来，抓到鹅舍里去了。

公鸡对狐狸说："狐狸，狐狸快出来，把地主的鹅都咬死。"狐狸听见了，就从嗉囊里蹿出来，把地主的鹅全部咬死了，然后跟大公鸡道别，跑回森林里了。公鸡又飞到窗台上唱：

"咕加哩咕，狠心地主偷磨盘，不还就要闹翻天。"

"天哪！这该死的公鸡还在那里叫唤！"地主气急败坏地跑出来，"快把它扔到猪圈里去，让我的猪把它咬死！"

就这样，大公鸡又被扔进了猪圈。它对獾说："獾呀獾，快出来吧，把地主的猪都咬死。"獾听见了，就从嗉囊里跑出来，把地主的猪一一咬死，然后也跑回森林了。

公鸡再一次飞上窗台，大声唱："咕加哩咕，狠心地主偷磨盘，公鸡还要闹翻天。"

用人们赶紧报告地主。地主跑到鸡笼一看：鸡全死了；跑到鹅舍一看：鹅全死了；再跑到猪圈一看：猪也全死了。地主心疼

「智慧引路」

若要人不知，除非己莫为。既要做寡颜鲜耻之事，又害怕别人说出来。早知如此，何必当初？地主这种品行极其卑劣。

「好词好句」

道别

报告

*老鹰从嗉囊里出来，把那些鸡全部啄死，然后告别大公鸡飞回森林里去了。

「专家解疑」

气急败（bài）坏：上气不接下气，狼狈不堪，形容十分慌张或恼怒。

「名师点拨」
卢布是俄罗斯等国的本位货币。1 俄罗斯卢布 =0.181 人民币元。

得要命，这要花去他多少个卢布啊？他自己挽起袖子，把公鸡给撵了下来，把它扔进马厩，然后把马的缰绳都解开，想让马把公鸡给踩死。

公鸡对狼说："狼呀狼，你也出来吧，把地主的马也咬死。"狼听见了，就从嗉囊里出来，把那些高头大马全都咬死了。狼对公鸡说："地主的牲畜都死光了，我也回去了。"于是也返回森林了。

「专家解疑」
开心：①心情快乐舒畅。②戏弄别人，使自己高兴。
三下五除二：珠算口诀之一，常用来形容做事及动作敏捷利索。

公鸡开心地飞到屋顶上，大声唱："咕加哩咕，磨盘再不还，全家都毁光。"

地主咆哮着："我要把你变成一只烤鸡，看你还敢不敢在我家里捣乱！"这回他叫人捉住公鸡，直接送进厨房里。厨师把公鸡送进烤炉，一会儿就要变成烤鸡了。

地主这下得意了："哈哈，看来今年的复活节烤鸡我要先享用了。"他命人把烤鸡端过来，三下五除二地把公鸡吞进肚子里了。他心满意足地拍拍肚皮，正想出去把宾客们都请回来，忽然听见右边的耳朵一阵"喔喔喔"的响声，叫得他头晕目眩，差点儿晕倒在地上。那声音说："咕加哩咕，磨盘再不还，定要把命丧。"

「好词好句」
心满意足
头晕目眩
*有个佣人从厨房拿来一把斧子，一下就切下了地主的一只耳朵，疼得他撕心裂肺地叫。

地主大叫："快拿斧子来！公鸡就停在我右耳朵上！"有个用人从厨房拿来一把斧子，一下就切下了地主的一只耳朵，疼得他撕心裂肺地叫。他用手捂住右边脑袋，血顺着脸颊往下淌。可是那声音又在左边耳朵响起来，于是用人又飞起一斧子，把左边的耳朵也砍了下来。血把地主的衣服都染红了。

这时，公鸡的声音又从地主的肚子里传出来。一个用人举起斧子就想砍下去。

地主一边捂住脑袋一边喊：“混账东西，你想砍死我吗？”他跌跌撞撞地跑到屋里面，把那只用红布包好的小磨盘端出来，嘴里告饶道：“公鸡大爷，这是你家的磨盘，我再也不敢害人了。”

说完这个，他忽然觉得肚子里一阵难受，“哇”的一声吐了起来。说来也奇怪，一只活生生的公鸡居然从他嘴里钻出来，一点儿都没有损伤。

公鸡用爪子把磨盘抓住，展翅飞上天空，朝老两口家飞去。地上的人看见了都兴奋地大喊：“天哪！公鸡居然打败了地主！”

“公鸡居然能搬得动一个磨盘！”

老两口看见公鸡和磨盘都回来了，高兴极了。从此，他们过着幸福的生活。

智慧启迪

愚蠢的人很难找到出路，愚蠢而又凶残的人却是自毁出路。

宝库

有个长工叫斯坦尼斯拉夫，住在喀尔巴阡山附近的小镇边上。他是个勤快的小伙子，但是东家盘剥得很厉害，他经常吃不饱饭。

「专家解疑」
跌跌撞撞：状态词。形容走路不稳。

「好词好句」
损伤
幸福
*公鸡用爪子把磨盘抓住，展翅飞上天空，朝老两口家飞去。
*他是个勤快的小伙子，但是东家盘剥得很厉害，他经常吃不饱饭。

「名师点拨」
公鸡和磨盘不仅改变了老两口的生活，也使他们的心态发生了改变，对公鸡和磨盘，老两口已经有了感情，所以他们会格外高兴。

「专家解疑」
自言自语：自己跟自己说话；独自低声说话。

有一天他到山上森林里砍柴，一边砍一边自言自语地说："如果我有了钱，一定要买头牛，把那漏雨的房子修一修，然后让我的孩子们都吃饱。"

森林里有个声音回荡："说得不错！"

斯坦尼斯拉夫吃了一惊，左右看看没有别人，心想自己一定是想出神了。于是他继续砍柴，"咔咔咔"地砍了一阵后，禁不住又想起自己的命运来。

"有了钱，我还要孝敬爹娘，他们过得也很苦。爹以前在维利奇卡盐矿做工，辛苦了一辈子，到现在还没有吃好穿好。"他想到这里一阵心酸。

"真是个有孝心的儿子！"那个声音又响起来。

斯坦尼斯拉夫紧握柴刀四处张望，还是没有一个人。他只好又砍起柴来，他越想越生气：“维利奇卡有那么好的盐矿，喀尔巴阡山有那么多的木材，波罗的海有那么多的鱼虾，还有数不清的琥珀，*可是我们这些雇工还是那么穷！*”他用力砍了一刀，“等我有了钱，一定要拿出一半来分给村里的穷人。”

「智慧引路」在现实生活中，人的命运只有靠自己的争取和努力才能改变，即便有幸运之神，也不会眷顾终日只知道做白日梦的弱者。

“正该这样！”声音回答说。

斯坦尼斯拉夫害怕了，就躲到一棵大松树背后。忽然他看见一个老头儿从面前跳过去，那老头儿矮矮的个子，胡子翘着，身上穿着一件绿色的背心，头顶一个黄色的像松果一样的小帽。

小老头儿在一块岩石前面停住，低声说：“灰色的石头，你转过来，小门儿，小门儿，你快打开。”

那石头真的就转过来了，一道小铁门打开，穿绿背心的老头儿走了进去，说：“灰色的石头，你转过来，小门儿，小门儿，你快关上。我从里边把门关上，谁也不能把门打开！”

小铁门真的就关上了，那块岩石也合拢了，从外面看没有一丝痕迹。斯坦尼斯拉夫躲在大树底下，想看看那老头儿会不会再出来。等了大约半个钟头，那岩石果然又移动了，铁门打开，小老头儿提着篮子走出来，篮子里全是金币！小老头儿转过身向铁门鞠了一个躬说：“灰色的石头，你转过来，小门儿，小门儿，你快关上。”

「专家解疑」合拢（lǒng）：合到一起；闭合。

小铁门自动关上了。小老头儿把金币都撒在森林里，那些金币都变成了金黄色的树叶。做完这件事他就不见了。

「好词好句」自动 咒语
* 小老头儿把金币都撒在森林里，那些金币都变成了金黄色的树叶。

斯坦尼斯拉夫暗想道：“我要试验一下咒语的作用，看我能不能也将这个洞门打开。”于是他走过去低声说：“灰色的石头，你转过来，小门儿，小门儿，你快打开。”

他的喊声刚落，洞门立刻打开了。

他小心翼翼地走了进去，举目一看，洞里一点儿都不黑，那些五颜六色的宝石，还有黄灿灿的光照得人眼睛几乎都睁不开。多得不计其数的金币银币，有的堆在地上，有的盛在酒器中。斯坦尼斯拉夫用装柴火的袋子装了半口袋金币，心想这已经足够了，就转身走回去。一个声音对他说：“一个星期以后再来。”

斯坦尼斯拉夫走出山洞，按照小老头的样子，先鞠躬再说咒语，那门就合拢了。他把刚才砍的柴捡起来，把金币捆在柴火里面，骑上驴子走了。这样，人们不会看见金币，只会仍然将他视作砍柴的长工。

回到村子里，斯坦尼斯拉夫到东家玛奇那里辞掉了工作，然后去买了自己的牲口和一小块田地。过了一个星期，他又去森林里带回了半口袋金子，就这样连续去了三次。*他觉得自己已经很富有了，就打算把这些钱分成三份：一份给爹娘，一份给自己，一份送给村子里的穷人。*

斯坦尼斯拉夫的妻子就跑到财主家去借一把可以称金币的秤来。玛奇是一个很狡猾的人，觉得斯坦尼斯拉夫最近的行为很古怪，就故意给了他妻子一把旧秤，秤盘上有一个窟窿。

秤借来以后，斯坦尼斯拉夫用一块布把窟窿堵上，称起金子来。用完以后又叫妻子送还给玛奇。

玛奇等斯坦尼斯拉夫的妻子走了，把那块布抽出来一抖，果

「好词好句」

不计其数

鞠躬

*他小心翼翼地走了进去，举目一看，洞里一点儿都不黑，那些五颜六色的宝石，还有黄灿灿的光照得人眼睛几乎都睁不开。

「智慧引路」

有爱心的人心里想着的不会只是自己，不论他是贫穷还有富有，贫苦大众永远在他心目中占有一席之地。

「专家解疑」

窟窿（lóng）：①洞。②比喻亏空。

然有一枚金币掉了下来。玛奇顿生羡慕、嫉妒之心，他大叫起来："啊呀！原来他们借我的秤是去量金币啊。我一向以为自己是富商巨贾，是最有钱的人了。可是他表面上穷得叮当响，暗地里却富得如同王公贵族。他的财富比我多得多，他积蓄的金币多到需要称量的程度。而我的金币，只是过目一看，便知其数目了。"

他立即跑到斯坦尼斯拉夫家里，威胁他说："亲爱的斯坦尼斯拉夫，你真是一个好演员啊！发了财还遮遮掩掩不让人知道！"玛奇怒气冲冲地把那枚金币拿给他看。"像这样的金币，你有成千上万，这是你量金币时，掉在窟窿里被我发现的一枚。"

斯坦尼斯拉夫恍然大悟，此事已被玛奇知道了，无法再保守秘密了。他没有办法，只得把发现小老头儿在山洞中收藏财宝的事，毫无保留地讲给玛奇了。

玛奇听了，声色俱厉地说："你必须把你看见的一切告诉我，尤其是那个储存金币的山洞的确切地址，还有开关洞门的那两句咒语。我警告你，如果你不肯把这一切全部告诉我，我就去地方官那里告发你，把你当作强盗抓起来，送你上断头台。"

他看到斯坦尼斯拉夫害怕了，又装出一副温和的样子说："亲爱的斯坦尼斯拉夫，你不是想把钱分给村里的村民吗？你知道附近还有多少穷雇农啊？难道你不想做个更大的好人吗？带我去吧，我会把钱分给他们的，我只留下十分之一就够了。"

斯坦尼斯拉夫相信了他，就答应带他去那个森林。玛奇回家准备了好几个皮口袋和大筐子，带好干粮和水，又选了两匹最好的马，跟着斯坦尼斯拉夫出发了。

「专家解疑」

贾（gǔ）：①商人（古时"贾"指坐商）。②做买卖。③买。④卖。⑤招致；招引。

贾（jiǎ）：姓。

「好词好句」

确切

警告

＊斯坦尼斯拉夫恍然大悟，此事已被玛奇知道了，无法再保守秘密了。

「名师点拨」

玛奇软硬兼施。一切都是为了自己的私利，威逼利诱，无耻的嘴脸表露无遗。"装出"二字生动而又形象地将玛奇虚伪的面孔展现在读者眼前。

他们走进密林，来到那块灰色的岩石前。斯坦尼斯拉夫把口诀都告诉了玛奇。于是玛奇喊道：

「好词好句」
告诉
泄露
*斯坦尼斯拉夫明白了玛奇的阴谋，使劲在外面敲门，可是根本没有用。

“灰色的石头，你转过来，小门儿，小门儿，你快打开。”

那门就自动开了。

玛奇背着皮口袋，拖着筐子爬进洞去。斯坦尼斯拉夫正想跟着他进去，玛奇对他说：“你去看看周围有没有人跟着咱们，千万不要泄露了这个秘密。”

斯坦尼斯拉夫转身去四下看了看，等他确定没有人跟来，又走到岩石前，却无论如何也打不开那小铁门——玛奇已经从里边把门给锁上了！斯坦尼斯拉夫明白了玛奇的阴谋，使劲在外面敲门，可是根本没有用。他气极了，打算就在门外等玛奇出来，可是一摸口袋——干粮和水都被玛奇拿走了！

这个时候，玛奇一边爬一边想：“那些雇工都见鬼去吧，我一个子儿都不会给他们，这些财宝我全要！”

玛奇走进山洞，他完全被堆积如山的财宝吸引住了。面对这么多的金银财宝，他激动万分，有些不知所措。待镇定了一下后，他开始把金币往皮口袋和筐子里装，又把干粮和水全部丢掉，把那几个袋子也装满。

「专家解疑」
不知所措：不知道怎么办才好，形容受窘或发急。

他把一袋一袋的金币挪到门口，预备搬运出洞外，驮回家去。待一切准备妥当后，他才来到那紧闭的洞门前。他喊了几声“斯坦尼斯拉夫”，没有听见回音，就准备出去。*可是由于先前他兴奋过度，那句开门的口诀没有记清楚，他大喊：“石头，你转过来，小门儿，小门儿，你快打开！”*

「智慧引路」
为人处世当小心谨慎，切不可粗心大意，时刻都要有一种居安思危的警觉性。

洞门依然紧闭。这一来，他慌了神。那“灰色”二字，怎么样也想不起来了。

斯坦尼斯拉夫知道自己斗不过地主玛奇，就只好骑着马回村里了。可是他再也没有听到玛奇这个人的消息，贪心的地主玛奇永远留在了山洞里。

「智慧引路」天作孽，犹可恕；自作孽，不可活。贪婪的玛奇设计不让斯坦尼斯拉夫走进石洞，终于尝到了自己亲手酿制的苦果。

智慧启迪

知足常乐，过于贪心只会引火自焚。

金纺车的故事

很久很久以前，在树林中有一个小木屋，里面住着一个寡妇，靠纺纱维持生活。

「专家解疑」维(wéi)持：①使继续存在下去；保持。②保护；维护支持。

寡妇有两个女儿，是对双胞胎，姐姐叫兹罗波哈，妹妹叫多布龙卡。姐妹俩长得一模一样，都很漂亮，但是性格却截然相反。多布龙卡是一个懂事的好姑娘，温柔听话，聪明勤快。兹罗波哈则又懒惰又骄傲，不愿意干活儿，还总是乱发脾气。

「名师点拨」正因为姐妹俩长得一模一样，让人无法分辨，才有了后面传奇的故事。

姐妹俩从小就会纺纱，尤其是多布龙卡，纺出来的纱又细又好。兹罗波哈非常嫉妒多布龙卡，她想，如果没有这个妹妹，妈妈一定更疼爱自己。

于是，兹罗波哈总是命令多布龙卡干这干那，还在妈妈面前说她的坏话。时间长了，妈妈也开始讨厌多布龙卡，而非常疼爱兹罗波哈。

每天，兹罗波哈只需要干一点儿活儿，还总是有漂亮的衣服穿。多布龙卡则要干所有的家务，不但没有新衣服，还要忍受妈妈的打骂。

有一次，兹罗波哈故意把纺好的纱弄得很乱，然后，跑到妈妈面前说：*“妈妈，你看多布龙卡，她把纱弄成什么样子了！”*妈妈一听，问都不问一下多布龙卡，就狠狠地骂了她，并罚她不准吃饭。

尽管这样，多布龙卡还是很爱妈妈，从来都不跟妈妈顶嘴，她总是愉快地做完所有的事。

过了一段时间，妈妈把兹罗波哈送到城里去，让她学些手艺，希望她能遇上一个有钱人，然后嫁给他。至于多布龙卡，当然是在家不停地干活儿了。

有一天，妈妈进城看望兹罗波哈去了。多布龙卡一个人打扫了厨房、卧室和院子，就坐到纺车前，一边唱着歌，一边纺着纱。忽然，她听到外面传来马蹄的声音，连忙跑出去，看见一个年轻人骑着一匹马进到院子里来。这个年轻人穿着骑手服装，戴着一顶插白羽毛的帽子，看起来非常英俊。

年轻人看见多布龙卡，礼貌地说：“你好，姑娘！请问，贵府有没有药水之类的东西，我的手可能被树枝刮到了。”

多布龙卡这才看见年轻人的手在流血，就说：“先生，您先坐一下，我马上就拿来。”说完，她赶紧找出药水和干净的布，细心地帮年轻人包扎。

「专家解疑」
需(xū)要：①应该有或必须有。②对事物的欲望或要求。
贵府：敬辞。称别人的家。

「智慧引路」
在母亲面前搬弄亲妹妹的是非以邀宠，踩着别人的肩膀向上爬，这种损人利己的行为是会遭到人们唾弃的。

「好词好句」
看望
礼貌
*多布龙卡一个人打扫了厨房、卧室和院子，就坐到纺车前，一边唱着歌，一边纺着纱。
*这个年轻人穿着骑手服装，戴着一顶插白羽毛的帽子，看起来非常英俊。

年轻人说："姑娘，谢谢你，你真是太好了！有时间我会再来看你的。"

这天晚上，多布龙卡躺在床上，怎么也睡不着。她的脑海里，总是会出现那个年轻人的样子，而且，一想到他会再来，心里就很激动。后来，多布龙卡做了一个梦，梦见自己穿着漂亮的衣服，和那个年轻人在一个城堡里，快乐地生活着。

「好词好句」
微笑
激动
*她的脑海里，总是会出现那个年轻人的样子，而且，一想到他会再来，心里就很激动。

几天后的一个中午，一辆豪华的马车停在了小木屋门口。多布龙卡跑出去，看见那个年轻人从马车里下来。他微笑着说："你好，多布龙卡！"

多布龙卡心里一阵激动，连忙请年轻人进屋坐下，倒水给他喝。年轻人拉着多布龙卡的手，说："多布龙卡，你愿意做我的妻子吗？"

多布龙卡一下子就愣住了："先生，您说的是真的吗？"

「智慧引路」
多布龙卡的梦想就要实现了，一时间感觉受宠若惊，以致愣住。这是对多布龙卡内心活动的侧面描写。

"当然是真的！多布龙卡，如果你愿意，我马上就可以带你走！"年轻人说。

多布龙卡脸红了，低着头说："你跟我妈妈说吧。"

正在这时，妈妈从林子里回来了，年轻人连忙向她提出自己的请求。他说："请您答应我吧！我会让她过得很幸福的。"母亲马上就答应了。多布龙卡快乐地收拾好东西，坐上了马车。

年轻人又对妈妈说："妈妈，您什么时候想去了，只要进城里打听公爵城堡的多布拉米尔，随便哪个人都会告诉您怎么走的。"

「专家解疑」
告诉（su）：说给人，使人知道。

这个年轻人竟然是一个公爵！多布龙卡和妈妈都非常吃惊。

妈妈开始后悔，如果是兹罗波哈嫁给他，该有多好！

等马车走后，妈妈赶快进城去找兹罗波哈，告诉她这件事。兹罗波哈万分生气，对妈妈说："多布龙卡怎么能嫁给公爵呢？只有我，才配做公爵夫人啊！妈妈，一定要想个办法让我做啊。"

「专家解疑」
盛大：规模大，仪式隆重的（集体活动）。

公爵和多布龙卡在城堡里举行了盛大的婚礼，宴请了城堡里所有的人。公爵的妈妈很喜欢多布龙卡，还送给她一枚镶着蓝宝石的戒指。多布龙卡简直不相信这是真的，看着站在身边的公爵，她觉得自己幸福极了。

「智慧引路」
勤劳而又温和的人走到哪里都会很受欢迎的，小朋友们应向多布龙卡学习，从小养成热爱劳动的好习惯。

*多布龙卡细心地料理城堡中的大小事情，人们很喜欢她，都说女主人又善良又勤快，脾气也好。*可是，过了没多久，公爵要出去打仗了。妈妈捎信来，希望多布龙卡回家住几天。

多布龙卡也很想念妈妈，就回去了。回到家，发现姐姐也在家，姐姐还亲热地祝福她。可是，当她们吃晚饭时，妈妈和姐姐忽然拿出刀子，把她扎死了，然后，凶狠地砍下她的双脚，把她的尸体扔在林子深处。

「好词好句」
祝福
安安稳稳
*因为姐妹俩长得一模一样，谁也没有发现公爵夫人换了，只是觉得女主人的脾气忽然间不好了。

第二天，兹罗波哈穿上多布龙卡的衣服，跟妈妈一起回城堡里去了。因为姐妹俩长得一模一样，谁也没有发现公爵夫人换了，只是觉得女主人的脾气忽然间不好了。

兹罗波哈以为，这下子，她可以安安稳稳地做公爵夫人了。谁知道，多布龙卡却没有死。原来，在林子深处，住着一位有法术的仙人，他从来不露面，所以没有人知道他。仙人看到那对狠毒的母女的行为，非常气愤，决定帮助可怜的多布龙卡。

仙人把多布龙卡带到一个岩洞里，在她的伤口处抹上药膏，将她的双脚接了上去。然后，仙人又把一种神奇的药水滴进多布龙卡的嘴里。

几天之后，多布龙卡醒了过来。她看到一个慈祥的老人正站在床边，微笑着看着她。多布龙卡想起昨天发生的事，说："老爷爷，是您救了我吗？"

仙人微笑着点了点头，对她说："你不要出去，就在这里等着，公爵会来接你回去的。"

仙人拿出一架用金子做的纺车，吩咐他的侍童，把金纺车拿到城堡里去，卖给公爵夫人。

侍童扛着金纺车来到城堡里，求见公爵夫人，对她说："尊敬的公爵夫人，这架金纺车是我母亲临死前留下的。*我想，只有您才能配得上它！*我愿意把它送给您，您只要随便给我点儿钱就行了。"

金纺车在太阳底下闪闪发着光，兹罗波哈一看见它，就喜欢上了。听到侍童这样说，她更是高兴得不得了，就赏给侍童一大笔钱，把金纺车买下了。

过了几天，公爵凯旋，热烈地拥抱兹罗波哈，并没有认出她不是自己的妻子。他问假妻子："亲爱的多布龙卡，我不在家这段时间，你碰到过什么**有趣**的事情吗？"

兹罗波哈说："亲爱的，前几天，有个人卖给我一架漂亮的金纺车，我还没用过，想等着您回来时再用呢。"公爵说："那就去纺一纺让我看看吧。"

于是，兹罗波哈坐在金纺车前，开始纺纱。这时，纺车里有

「好词好句」
神奇
愿意
*听到侍童这样说，她更是高兴得不得了，就赏给侍童一大笔钱，把金纺车买下了。

「智慧引路」
面对别人的甜言蜜语时，一定要保持清醒的头脑，以防别人是口蜜腹剑，最终使自己受到伤害。

「专家解疑」
有趣(qù)：能引起人的好奇心或喜爱。

个声音传出来："尊敬的公爵啊，你英勇机智，怎么就认不出你的妻子呢？这个女人并不是你的妻子，她把你的妻子害死了，扔在林子里。你快骑上马去找她吧！"

「专家解疑」
胆战心惊：形容非常害怕。

一连叫了几遍，兹罗波哈听了胆战心惊，害怕得发抖。公爵这才看出她不是多布龙卡，马上下令把她绑起来。然后，公爵骑上一匹快马，赶往森林深处。

「好词好句」
请求
饶恕
*在仙人的暗中帮助下，公爵很快找到了多布龙卡，把她带了回来，重新幸福地生活在一起。

在仙人的暗中帮助下，公爵很快找到了多布龙卡，把她带了回来，重新幸福地生活在一起。

至于兹罗波哈跟她妈妈，公爵本来要处死她们，可是，在多布龙卡的请求下，公爵饶恕了她们，但再也不准她们进入城堡。

智慧启迪

害人终害己，做人应当堂堂正正，为非作歹终将受到惩罚。

木汤勺

「智慧引路」
小朋友从小就应该自强自立，学会独立生活的技能，凡事依赖父母，最后吃苦受穷的将是自己。

勒兹丽娜从小就很懂事，经常帮助爸爸妈妈干活儿。可是，小姑娘有个毛病，就是不喜欢做饭。因为妈妈做的饭太好吃了，*她想可以一辈子让妈妈做饭，说什么也不学。*每天到吃饭的时候，她第一个跑进厨房，大声地嚷嚷："妈妈，今天做什么饭了？"妈妈笑着把饭端出来，一家三口美美地吃一顿。

好景不长，妈妈突然得了一种很怪的病，抢救无效去世了。勒兹丽娜和爸爸可发愁了，爸爸有个嗜好，只喜欢吃妈妈做的饭菜，别的饭菜吃不进去。懂事的小勒兹丽娜决定学习做饭。

从早上开始，小勒兹丽娜就买来许多蔬菜、牛排，借来一本菜谱，在厨房里忙上忙下，一直忙到中午，还没有做出一道可口的饭菜。爸爸和她只好吃一些硬面包和干奶酪充饥。就这样，一个月过去了，小勒兹丽娜还是没有烧出妈妈做的饭菜的味道，爸爸每天都吃很少的面包，越来越消瘦了，神情萎靡，整天不言不语。

「专家解疑」
萎(wěi)靡(mǐ)：精神不振；意志消沉。

小勒兹丽娜看着爸爸一天天消沉下去，自己又做不出妈妈做的菜，再这样下去的话，爸爸就会饿死的。想到这里，小勒兹丽娜跑到厨房外面哭了起来，越哭越悲伤，声音也越来越大，一直传到远处的大路上。

「好词好句」
悲伤
一言不发
*小勒兹丽娜身后出现了一位老婆婆，白发苍苍，衣衫褴褛，拄着一根拐棍。

忽然，小勒兹丽娜身后出现了一位老婆婆，白发苍苍，衣衫褴褛，拄着一根拐棍。老婆婆走到小勒兹丽娜面前说："我的好孩子，能否给我一些东西吃？"

小勒兹丽娜以为是要饭的，好心的小姑娘马上答应了："可以呀！老婆婆！只是我做不出饭菜。"

"没有关系！我只要一些干面包和水就可以了。"老婆婆说道。

「智慧引路」
尊老爱幼是中华民族的传统美德，它体现着一个人内心的善良与高尚的道德修养。

*小勒兹丽娜转身从橱柜里拿出一大块面包，递给老婆婆，还给她端了一杯热水。*老婆婆坐在旁边，慢慢地吃着。小勒兹丽娜把自己一个月来的委屈，都给老婆婆讲了一遍，她恨自己不会做饭。老婆婆吃着东西，静静地听着，一言不发。

过了一会儿，老婆婆吃完面包，站起身说："好心人，我没有钱给你，只有身边这一个礼物送给你，希望以后你会幸福。"说完，从身上掏出一把木勺子。

这把木勺子普普通通，没有什么稀奇的，可是小勒兹丽娜知道，这是老婆婆的心意，二话不说就接下了。老婆婆转过头，拄着拐棍慢慢地走了。

「专家解疑」
二话：别的话；不同的意见(指后悔、抱怨、讲条件等，多用于否定式)。

小勒兹丽娜送走了老婆婆，坐在厨房里开始发愁，因为快要到中午了，饭菜还是没有做出来，看样子爸爸和自己仍旧要吃干面包和奶酪了。她站起身，拿起老婆婆给她的木勺子，想放到厨房的台子上。

就在这时，木勺子自己飞了起来，在厨房里盘旋，一会儿飞到面粉袋处舀了一些面粉，一会儿跑到油盐处取了一些油盐，还自己将铁锅洗净，放上合适的汤料，开始煮起汤来。一会儿工夫，香甜可口的汤煮好了，木勺子很乖巧地飞到小勒兹丽娜的手里。小勒兹丽娜过去一看，木勺子煮的汤和妈妈以前煮的汤一模一样，她高兴地蹦了起来。

「专家解疑」
盘旋（xuán）：①环绕着飞或走。②徘徊；逗留。

小勒兹丽娜走进卧室，*把汤端给躺在床上的爸爸*。爸爸还以为是小勒兹丽娜请别人烧的汤呢，一挥手想让她端走，因为爸爸只吃妈妈做的饭菜。这时，爸爸闻见汤的味道非常香甜，和妈妈以前做的汤味道一模一样，就忍不住接过来喝了一口。果然香甜可口。爸爸一口气把它喝完了，最后还把

「智慧引路」
小勒兹丽娜的爸爸因懒惰和挑食竟饿得病倒在床，这是一件很可笑的事情，小朋友们不要学习他。

碗边舔了个干净。小勒兹丽娜在旁边偷偷地笑，心想，以后有这木汤勺帮忙，爸爸每天都可以吃上妈妈做的饭菜了。

就这样，每到做饭的时候，小勒兹丽娜就把木汤勺拿出来，告诉它今天做什么饭。木汤勺马上就飞舞起来，自己在厨房里飞来飞去，一会儿就把饭菜烧好了。更不可思议的是，木汤勺的饭菜做得越来越好，就是天下最好的厨师见了，也会自叹不如。

几年过去了，小勒兹丽娜也长成了大姑娘，亭亭玉立，端庄贤惠。每天还是让木汤勺做饭，爸爸吃得很香，现在也成了大胖子，每天笑呵呵的，非常开心。

这一天，城堡里的公爵要接待一位王子，这位王子即将继任，成为这个国家的国王。老公爵为了巴结未来的国王，趁王子到本地游玩打猎的机会，决定在城堡里举行盛大的宴会，为王子接风洗尘。老公爵特意请天下第一名厨刘老师傅掌厨，还请了一些在厨房做杂役的年轻女工，勒兹丽娜也被请去帮忙。

刘老厨子准备了很多蔬菜、料酒和各种山珍海味，准备在第三天大展身手，做一顿丰盛的美餐，好好招待王子。他杀鸡、剁肉，剥笋、洗果肴，样样都亲自动手，生怕别人做不好。可是，由于连续几天的过度劳累，到第三天早上时他病倒了，病情很严重，躺在床上不能下地。怎么办呢？中午就要做菜招待王子了，偏偏在这个时候病倒了，老公爵要怪罪的话，自己的地位和名誉都将毁于一旦啊！老厨子愁眉不展，不住地唉声叹气。

勒兹丽娜知道情况后，对老厨子说：“师傅，你放心养病吧！中午的宴会我一个人就可以完成。”

「专家解疑」
不可思议：不可想象，不能理解（原来是佛教用语，含有神秘奥妙的意思）。

「好词好句」
自叹不如
接风洗尘
*几年过去了，小勒兹丽娜也长成了大姑娘，亭亭玉立，端庄贤惠。
*老厨子愁眉不展，不住地唉声叹气。

「名师点拨」
这句话体现出了勒兹丽娜是一个很善良、有担当的人，与前文她心疼父亲挨饿的故事情节形成一致。

老厨子不放心地说："你还年轻呀！没有经验，中午这么多人的宴会，需要做出甜食、甜点、面食、蔬菜、肉食，你行吗？"

勒兹丽娜拍着胸脯说："包在我身上。不过我有个条件：厨房里只能让我一个人在里面做饭。"原来，勒兹丽娜来公爵府的时候，把木汤勺也带在身上了，她要用木汤勺给王子做饭菜。

老厨子也没有办法，只好答应勒兹丽娜的请求。

勒兹丽娜一个人关着厨房大门在里面忙了起来，只见木汤勺飞来飞去，菜肴一道道地做好了。

宴会开始了，老公爵陪着王子坐在上座，吩咐手下仆人上菜。一道道菜肴，清香扑鼻、香气弥漫。大伙尝一口，异口同声地说好吃。每上一道菜，大伙都抢着吃，都说从来没有吃过这么好吃的菜肴。尤其是最后一道——苹果蛋糕，只有神仙才能做得出来，玲珑剔透，晶莹别致。大伙都不忍心用刀叉切开它。吃到嘴里，是一种从来没有过的陶醉感。

王子非常高兴，要求老公爵请出掌厨的师傅，要重重地谢赏。仆人去请厨师，才知道老厨师病倒在床上，宴会的菜肴全是勒兹丽娜做的。仆人把勒兹丽娜请到宴会厅，王子一看，眼珠就不转了，勒兹丽娜长得太漂亮了，圆圆的大眼睛忽闪忽闪的，长发披肩，远远看去，就像仙女下凡。王子一下子就爱上勒兹丽娜，当场向她求婚。因为王子长这么大，还是第一次爱上别人。

勒兹丽娜也很喜欢英俊的王子，脸色通红地答应了。顿时，大厅里一片欢歌笑语，掌声如雷。老公爵心里也很高兴，王子在自己的城堡里找到心上人，那以后自己的地位和荣誉肯定无忧了。

「智慧引路」

勒兹丽娜是一个非常自信的人，这都得益于木汤勺的帮助。在现实生活中，自信心固然是成功的重要条件，然而真实能力对于事情的成败也有着不容忽视的作用。

「专家解疑」

异口同声：形容很多人说同样的话。

「好词好句」

玲珑剔透

陶醉

*王子一下子就爱上勒兹丽娜，当场向她求婚。

*顿时，大厅里一片欢歌笑语，掌声如雷。

「好词好句」
盛大
典礼
*王子继承父位成了国王，勒兹丽娜也被封为王后，两人过着幸福的生活。

王子带着勒兹丽娜回到王城，举行了盛大的结婚典礼。很快，王子继承父位成了国王，勒兹丽娜也被封为王后，两人过着幸福的生活。

而那个木汤勺呢？还在勒兹丽娜身边呢！每天都给国王和勒兹丽娜两人做饭，做出的饭菜还是那么好吃。他们好幸福呀！

智慧启迪

行善不仅使他人得到了切实的帮助，还可以净化自己的心灵，甚至还会收获意外的惊喜。

名家品评

本章中前三个故事有一个共同的特点：导人向善，警示人们心存贪念而为非作歹终将作茧自缚；第四个故事则向人们阐述了善有善报的道理。通过对本章的学习，小朋友们还应该明白心存防人之念的重要性。人无伤虎意，虎有害人心。小朋友在帮助别人的同时一定要注意保护自己的安全。

阅读思考

1. 公鸡是怎样将小磨盘“找”回来的？
2. 玛奇的结局告诉了人们什么样的道理？
3. 公爵是怎样得知多布龙卡没有死去的消息的？

第七章

鸟兽

本书的最后一章，将向小朋友们讲述一些鱼虫鸟兽以及他们与人类之间的有趣故事。三条被渔夫捕获的小鳗鱼给了渔夫一颗宝珠，从此渔夫一家的生活发生了怎样的变化呢？幸福鸟和穷人雅赛克之间发生了哪些故事呢？狡猾的鳄鱼为什么要与珍珠鸡结为朋友？他们之间的斗智游戏最后到底是谁胜谁输呢？白麻雀与大黄狗之间有着怎样的深厚友谊呢？

三条鳗鱼的故事

从前，在东海边，住着一对夫妻。丈夫出门打鱼，妻子在家纺织，两口子的日子过得很快乐。

有一段时间，大海里风起云涌，波涛滚滚，好像发生了什么事。丈夫驾着小船出海打鱼，撒了几次网，竟然没有一条小鱼，连续几天都是这样，似乎鱼儿们都藏起来了。到了第七天，丈夫一狠心，照常出海打鱼，他不相信今天还是打不到鱼。

「专家解疑」
风起云涌：①大风起来，乌云涌现。②形容事物迅速发展，声势浩大。

「智慧引路」
做任何事情都不可心浮气躁，要有耐心，理智地思考解决问题的方法，如果动辄就气急败坏，那样将会一事无成。

他在海面上撒网捕鱼，忙乎了一整天，还是没有一条鱼。丈夫发誓说：“最后下一次网，要是还没有鱼的话，我这一辈子都不打鱼了。”说完，他又把网撒了出去，慢慢地收回来一看，只有三条鳗鱼。丈夫气坏了，骂道：“都是你这鳗鱼作怪，让我一条鱼都打不到。”

没有想到，有一条鳗鱼竟然说话了：“你能捕到我们是你的福气。我们三姐妹今天出来游玩，不小心被你捕到了。咱们做个交易吧！你把我们放了，我给你一颗宝珠，你回家种在院子中央，你们家将会有神奇的事发生。”

丈夫听完便答应了，接过鳗鱼口中吐出的宝珠，把三条鳗鱼全都放了。他空着手，撑船回到家里，一到家就把宝珠种在院子的正中央，等着奇迹发生。

「好词好句」
奇迹
潇洒
* 院子中央的小树长得很快，后来从中间劈开，里面竟然是两把一模一样的宝剑，寒光闪闪，非常锋利。

过了几天，妻子怀孕了，家中的母马怀孕了，黑狗也怀孕了，院子中央长出一棵树。后来，妻子生下一对双胞胎，母马生下两只小马驹，黑狗也生下两只一模一样的小狗。院子中央的小树长得很快，后来从中间劈开，里面竟然是两把一模一样的宝剑，寒光闪闪，非常锋利。

丈夫和妻子都很高兴，每天带着两个孩子玩耍。这对双胞胎长得很快，每天都在院子里练习射箭，小马和小狗们在一旁快活地嬉戏、打闹。

「专家解疑」
体谅（liàng）：设身处地为人着想，给以谅解。

很快，双胞胎长成了帅小伙子，英俊潇洒，非常魁梧。两个人都很懂事，体谅爸爸妈妈。知道生活艰难，哥哥便说：“爸爸妈妈，我要出去闯荡了，有钱的话我回来接你们。”爸爸妈妈没有办法，觉得儿子长大了，应该出去磨炼磨炼，增长一些见识，便都同意了。

哥哥骑着一匹马，腰里插着一把宝剑，带着一只小狗出发了。出发时，他交给弟弟一瓶清水说："弟弟，我走之后你要照顾好爸爸妈妈，这瓶清水你保存好，什么时候变浑了，就表示我已经死了。"说完，哥哥就走了。

哥哥骑着马往前走，不知道走了多长时间，来到一座王城，骑着马在大街上走着。国王的女儿在城楼上游玩，看见一个英俊的小伙子，骑着一匹大白马从远处走过来，马上喜欢上了他，她下令把哥哥带到王宫。公主第一次见到如此英俊、魁梧的男孩，立刻决定嫁给哥哥。

公主向国王撒娇，让国王同意她和哥哥的婚事。国王一向最疼爱这个女儿，看到哥哥一表人才，很爽快地答应了。选了一个良辰吉日，国王为女儿和哥哥举行了很隆重的婚礼，两人感觉很幸福。

过了几天，哥哥晚上口渴了，起床倒水喝，忽然发现后窗外火光冲天，好像有什么灾难发生。哥哥问公主发生了什么事。小公主犹豫再三说："后山有个妖怪在放火。"

哥哥觉得很奇怪，问道："那个妖怪是什么来路？"

公主说："那个妖怪法力高强，白天放电，晚上在山上放火。许多人想去杀死它，都没有成功，去的人都变成石头了。"

哥哥坚定地说："我要去杀死它。"

公主急忙说："你要是爱我的话，就别去那里，很危险的。"

「好词好句」
磨炼
游玩
*哥哥骑着马往前走，不知道走了多长时间，来到一座王城，骑着马在大街上走着。

「专家解疑」
魁（kuí）梧：（身体）高大强壮。

「智慧引路」
人活着，身上就肩负着一种责任，凡事不能只为自己着想，我们应当向文中的哥哥学习，做一个心系众人、关心社会、报效社会的人。

「智慧引路」
英勇、正直的人在面对祸患时挺身而出，不避艰险与之周旋到底，这是一种难能可贵的品质。

哥哥假装不去，哄公主睡着了。*天快要亮了，哥哥悄悄地起床，牵着自己的白马出发了。*

走了大约两个时辰，哥哥来到山脚下，看见一个老太婆拄着拐棍，坐在路旁的石头上休息。他走上前问道：“大娘，你知道这个山上的妖怪住在哪儿吗？”

老太婆回过头来看了一眼哥哥，说：“我知道它住在哪儿，我给你带路吧！”

哥哥很高兴，便跟着老太婆进山了。又走了很长时间，迎面出现一个城堡，耸立在大山的中部。老太婆走在前面，一进城堡门就不见了。哥哥走进城堡，立刻吓坏了——里面全是石头人，人头乱动。仔细一看，原来是以前来杀妖怪的人们，进入城堡后，身子变成了石头，只剩下头还有点儿知觉。

「专家解疑」
耸（sǒng）立：高高地直立。
狰狞（níng）：（面目）凶恶。

哥哥知道事情不妙，想往外逃，已经晚了，两条腿走不动了。低头一看，身子已经变成石头的了，只剩下一个头还能动弹。哥哥后悔也来不及了。这时老太婆奸笑着出来了，拄着拐棍，面目狰狞，恶狠狠地说：“我要慢慢地折磨你们。”说完，又拄着拐棍，一晃一晃地走下山去，等待下一个猎物。

「好词好句」
知觉
动弹
* 哥哥知道事情不妙，想往外逃，已经晚了，两条腿走不动了。
* 这一天，他看见哥哥的那瓶清水变浑了，知道哥哥死了，决心出来找哥哥的尸体。

再说弟弟，自从哥哥走后，他天天盼望哥哥回来。这一天，他看见哥哥的那瓶清水变浑了，知道哥哥死了，决心出来找哥哥的尸体。他辞别爸爸妈妈，骑上另一匹白马，佩着宝剑，带着小狗，出发了。

一天，他骑马来到哥哥成亲的王国里。国王和公主正四处派人寻找哥哥，看到弟弟骑马进来，都以为是哥哥回来了，赶紧把他接到王宫里。公主见到弟弟，以为是哥哥，又哭又笑，扑到弟弟怀里，一个劲儿地捶着弟弟，嗔怪地说：“你这几天跑到哪儿了？我们到处找都没有找到你。”

弟弟知道哥哥是在这里失踪的，就装作哥哥，套公主的话：*“我那天出去到森林打猎，迷了路，回不到家了。可是，我不知道那天为什么会出去？”*

「智慧引路」弟弟不动声色，巧妙地向公主套问出了哥哥失踪的原因，然后再伺机营救哥哥。在这里，我们从弟弟的机智中看到了胜利的曙光。

公主说：“我还以为你去后山杀那个老妖怪呢！”

“什么老妖怪？”

“你又忘了？就是王城后面大山里的老妖怪呀！”公主还以为哥哥真的很健忘呢！

弟弟明白了哥哥是在哪儿失踪的。当天晚上，趁公主熟睡，弟弟骑上马，带着小狗来到了后山。等到了后山，弟弟很聪明，没有贸然进山，而是躲在一个很大的石头后面，查看情况。他看到一个拄拐棍的老太婆，长时间坐在那里，一动也不动，知道是妖怪，便亮出宝剑，一脚踹倒老太婆，用宝剑指着她的咽喉。老太婆吓坏了，赶紧求饶。

「专家解疑」贸然：轻率地；不加考虑地。

弟弟问她：“前几天有没有一个和我一模一样的人被你变成石头了？”

老太婆点头说有，弟弟又说：“赶紧放他出来，不然我把你杀了。”

老太婆一看弟弟杀气腾腾的，知道不是开玩笑，马上起身回到城堡，把哥哥放了。

哥哥出来了，兄弟两人拥抱在一起，高兴得眼泪都流出来了。

「好词好句」
赶紧
拥抱
*老太婆一看弟弟杀气腾腾的，知道不是开玩笑，马上起身回到城堡，把哥哥放了。

哥哥咬着牙，狠声说："我们要杀死她，省得以后她再害别人。"

弟兄两人又躲到那棵大松树下，等着老太婆出现。老太婆在城堡里躲了一会儿，估计弟兄两人都走了，又拄着拐棍下山来。没想到刚走到山下，哥哥猛地蹿出来，"唰"的一剑，把老太婆的头砍了下来。

弟兄俩用老太婆的拐棍，往每一个石人身上点了点，石人一个个复活了。整个城堡里都是欢呼声，最后大伙儿一把火把城堡烧了。

「好词好句」
估计
欢呼
*没想到刚走到山下，哥哥猛地蹿出来，"唰"的一剑，把老太婆的头砍了下来。

哥哥和弟弟一块儿来到王城，国王和公主已经知道事情的经过。国王赞扬了弟弟的勇敢**机智**，并把自己另外一个女儿嫁给了他，还为他们举行了盛大的婚礼。这样，弟兄俩在王城里都过着快乐的生活。

「专家解疑」
机智(zhì)：脑筋灵活，能够随机应变。

智慧启迪

一个人做事时是否机智谨慎，轻则关乎事情的成败，重则危及生命。

幸福鸟

「名师点拨」作者开篇点出故事发生的背景，渲染出了一种悲凉的气氛，为下文"幸福鸟"的出现做了铺垫。

雅赛克和玛雷霞结婚已经十年了，没有一天吃过饱饭，整天在地里为地主干活儿。晚上就睡在地头的草棚里，生活非常艰难。

这样的日子实在过不下去了，雅赛克多么希望能过上好日子呀！他跑到东边的圣山上祈祷："神啊！请你赐予我幸福吧！我的心灵永远属于你。"

「专家解疑」祈(qí)祷(dǎo)：一种宗教仪式，信仰宗教的人向神默告自己的愿望。

神听见雅赛克的祈祷，就派了一只幸福鸟来帮助他。幸福鸟飞到雅赛克面前，问雅赛克："亲爱的雅赛克，你真的想得到幸福吗？"

"是的，我做梦都想。"雅赛克回答说。

幸福鸟说："那你就往太阳升起的地方走吧，那里有一个国王，你见到他时，求他赐给你金腰带，你就得到幸福了。"说完，幸福鸟扇了扇翅膀飞走了。

「好词好句」金银珠宝
*幸福鸟扇动巨大的翅膀，很快就飞到了这个国家，到了王宫房顶上空，来回盘旋，尖声鸣叫，嘹亮的声音响彻整个天空。

幸福鸟扇动巨大的翅膀，很快就飞到了这个国家，到了王宫房顶上空，来回盘旋，尖声鸣叫，嘹亮的声音响彻整个天空。国王和大臣们都很奇怪，他们从来没有见过鸟儿的声音这么大，便走到大殿外观看。

幸福鸟看见国王出来了，就从嘴里吐出无数的金银珠宝，像雨点儿一样往地上掉。国王和大臣们眼睛都看花了，知道是神鸟

「好词好句」
尊敬
繁荣富强
*再说雅赛克，听完幸福鸟的交代，他就照鸟儿说的，一直向东方走。

降临。国王上前跪倒，祈祷说：“尊敬的神鸟，你留在王宫里吧，我们每天好好侍奉你！”

幸福鸟说：“要我留下可以，但有一个条件。”

“什么条件？”国王问。

“过几天你们国家将会来一位贵客，你把你的金腰带送给他吧。这样，你的国家就会永远繁荣富强，我也会留在这里保护你们。”

国王一听，马上答应了。他吩咐手下，注意进城的陌生人，要是发现的话，立刻带到皇宫里来。

再说雅赛克，听完幸福鸟的交代，他就照鸟儿说的，一直向东方走。这一天，正走着，看见前面有一个大城堡，西面的塔楼高耸入云，城上旌旗随风摇摆。雅赛克知道京城到了。他正要进城，这时，城门口早就有两个差官迎上前来，笑着说：“贵人，我们国王都等你好几天了，快些随我们去见国王吧！”

「专家解疑」
旌(jīng)旗：各种旗子。
一头雾(wù)水：形容摸不着头脑，糊里糊涂。

说完，就把雅赛克拉到马车上，直奔王城。雅赛克一头雾水，不知道发生了什么事。过了一会儿，马车走到王城，差官请雅赛克下车。国王早就等候在门外，微笑着迎了上来：“贵人，你终于来了，快请里面坐！”

「名师点拨」
正因为是镇国之宝，所以幸福鸟才会为雅赛克谋夺，后文中出现的妖怪才会觊觎这条金腰带。

雅赛克进入王宫，坐在国王身边。国王大摆筵席，款待雅赛克。酒过三巡，国王问雅赛克有什么要求。

雅赛克想起幸福鸟的话，便向国王讨要金腰带。国王拿出金腰带，交给雅赛克，说：“这是镇国之宝，你可要小心保管呀！”

雅赛克点头答应。这时，幸福鸟出现了，对雅赛克说：“你已经得到金腰带了，要什么有什么，快走吧！我暂时留在这里，后会有期。”

「名师点拨」“后会有期”是离别时向对方说的一种客套语，用来安慰对方，意思是以后有见面的机会。

雅赛克听完，便向国王告辞回家了。回到家里，妻子骂他，说他出去这么长时间了，还是一个穷光蛋，什么都没有。雅赛克也不辩解，取出金腰带，对着金腰带念咒语：

“金腰带金腰带，山珍海味快快来！金腰带金腰带，山珍海味快快来！”

话音刚落，两人眼前的桌子上，热气腾腾的全是美味佳肴。夫妻俩高兴极了，吃了个痛快。十多年来，他俩从来没有吃饱过，今天终于吃上了一顿丰盛的晚饭。

「好词好句」美味佳肴 嫉妒 *妖怪心中暗喜，因为它在魔豆上做了手脚，也没有把魔豆的口诀告诉雅赛克，因此雅赛克不会使用魔豆。

从此以后，雅赛克和玛雷霞两人需要什么饭菜，就取出金腰带，口中一念咒语，东西马上出现在面前。时间一久，附近有一个妖怪知道了。妖怪非常嫉妒，便飞了过来，变成一位商人，声称卖宝贝。雅赛克有点儿好奇，便走出门询问，妖怪说：“我这宝贝，是三颗魔豆，只要你拿着魔豆，口里一念咒语，它马上就可以变成你想要的东西。”

雅赛克心里一盘算，*自己的金腰带只能变出饭菜，这三颗魔豆可以变出任何东西，还是换换划算。*

「智慧引路」世间一切的亏输都源于内心作祟的贪念，凡夫俗子自然不可能做到无欲无求，但一定要把握住追求的限度。

就在这时，幸福鸟在空中出现了，说道：“聪明的雅赛克，你换换吧！”

雅赛克毫不犹豫，马上用金腰带换了妖怪的三颗魔豆。妖怪心中暗喜，因为它在魔豆上做了手脚，也没有把魔豆的口诀告诉雅赛克，因此雅赛克不会使用魔豆。这样，晚上就可以来偷走魔豆。想到这儿，妖怪得意扬扬地走了。

「名师点拨」幸福鸟的飞回，重新燃起了雅赛克内心希望的火苗，所以他非常兴奋。

雅赛克没有想到这一点，他看见幸福鸟非常兴奋，问它怎么飞回来的。幸福鸟说趁国王不注意，跑出来了。雅赛克拿着魔豆和幸福鸟一块儿回家了。

到了家里，雅赛克才想起不会使用魔豆，他不知道使用魔豆的口诀。知道自己上当了，他顿时哭了起来。幸福鸟劝他："亲爱的雅赛克，你不要伤心，我有办法知道秘诀，你等我的好消息。"说完，幸福鸟飞走了。

「好词好句」秘诀 害羞 *他飞到妖怪的前面，变成一个漂亮的美女，娇媚柔情，风情万种。

雅赛克只好在屋子里等着。

幸福鸟在高空中，一眼就看见妖怪正拿着金腰带往他的山洞走。他飞到妖怪的前面，变成一个漂亮的美女，娇媚柔情，风情万种。妖怪正兴高采烈地走着，忽然看见前面站着一位绝色女子，顿时眼珠子也不转了，两腿僵硬，傻在那里，半天才回过神来。他赶紧跑上前，嬉皮笑脸地套近乎。幸福鸟装作很害羞的样子，耍弄妖怪，一会儿妖怪就上当了，领着幸福鸟进入洞穴。

「专家解疑」套近乎：和不太熟识或关系不密切的人拉拢关系，表示亲近（多含贬义）。也说拉近乎。

幸福鸟在妖怪的洞穴里陪着他，说道："大王，你今天刚刚得到一件宝贝，我正愁没有饭吃呢！这下好了，你拿出来试一试吧！看看宝贝是真是假？"

妖怪高兴地说："好吧！让你见识一下吧！"说完，从怀里掏出金腰带，口里念着咒语："金腰带金腰带，山珍海味快快来！金腰带金腰带，山珍海味快快来！"

刹那间，眼前出现很多的山珍海味。幸福鸟装作很惊奇的样子，奉承妖怪说："大王，你的本领真是高强。来，我敬你几杯。"

妖怪得意扬扬，不禁哈哈大笑，接过酒杯，一饮而尽。幸福鸟又说：“可是大王，你的魔豆也没有了。那不是很吃亏吗？”

妖怪咧着大嘴说：“好妹妹你不用担心，我没有告诉他咒语，那个笨蛋是不会使用魔豆的。过几天，我再去抢回来。”

幸福鸟问：“那秘诀是不是很难呀？那个笨蛋会不会自己想出来？”

妖怪满不在乎地说：“他肯定想不出来的。我告诉你，你千万别告诉别人啊。秘诀就是：魔豆魔豆，快快显灵！我要东西，速速变成！”

幸福鸟很高兴，终于知道魔豆的咒语了。于是，假装更热情地倒酒，一直向妖怪敬酒，妖怪没有提防，很快就被幸福鸟灌晕了。幸福鸟从妖怪怀里掏出金腰带，飞出洞穴，然后，施展法术，把洞穴的出口封死，妖怪永远也出不来了。

然后，幸福鸟去找雅赛克。雅赛克一直在门外站着等，看见幸福鸟飞了过来，嘴里衔着金腰带，兴奋得眼泪都流了下来。大声说：“谢谢你！好心的幸福鸟！”

幸福鸟把金腰带给了他，又告诉雅赛克魔豆的咒语，说完后，就飞走了。雅赛克拿出魔豆，口里念着：“魔豆魔豆，快快显灵！我要士兵，速速变成！”说话间，一群士兵铠甲鲜明，衣装整齐地站在雅赛克面前，听从雅赛克的吩咐。雅赛克命令说：“你们去地主家，把他们全都狠狠打一顿。”

听到命令后，士兵们转身奔向地主家，一会儿回来说已经完成了任务，雅赛克又一念咒语，士兵们又变成魔豆了。雅赛克非常高兴，拥有了两件宝贝，以后就和玛雷霞过起了幸福的生活。

「智慧引路」欲取之，先予之。幸福鸟想要套出妖怪的秘密，先向其示好，表现出很关心的样子。

「专家解疑」显灵(líng)：指神鬼现出形象，发出声响使人感到威力（迷信）。

「智慧引路」甜言蜜语背后隐藏的危机最可怕，时刻怀有危机感，小心谨慎，才能不被外物所惑。

「好词好句」
兴奋
显灵
*说话间，一群士兵铠甲鲜明，衣装整齐地站在雅赛克面前，听从雅赛克的吩咐。

智慧启迪

对不属于自己的东西心存贪念，迟早会连已有的东西都失去。

珍珠鸡和鳄鱼

「哲理名言」
物以类聚，人以群分。

一条谚语是这样说的：物以类聚，人以群分。但是，在动物们还能说话、这条谚语还没有出现的时候，事情并不是这样的。

以前，珍珠鸡和鳄鱼曾经是很好的朋友，它们经常在河边见面，喜欢在一块儿洗澡，并各自讲述对方不知道的事情。

「好词好句」
无影无踪
滔滔不绝
*给它描述高大挺直快碰上太阳的粗壮的树和织成帷幕般的不可穿过的葛藤；还讲述味道浓而不香、颜色和形状像一只蜜蜂或像一只多毛的、红色的、背后有一个金色十字的蜘蛛一样的箩果。

珍珠鸡给鳄鱼谈森林里清凉的小河水，奇异的花草和动物；给它描述高大挺直快碰上太阳的粗壮的树和织成帷幕般的不可穿过的葛藤；还讲述味道浓而不香、颜色和形状像一只蜜蜂或像一只多毛的、红色的、背后有一个金色十字的蜘蛛一样的箩果。

鳄鱼好像更愿意听它的朋友谈论一些动物，比如狐猴这种漂亮的动物，有着丝绒一样的皮毛，卷成环形的长长的尾巴，成群结队地欢跳在树杈之间，跳跃之高，谁看了都头晕目眩，而且，哪怕有一点儿小声，它们就会在一秒钟内逃得无影无踪；再比如刺猬，它们生活在树洞里；还有那肥大的野猫，以及其他动物……

轮到鳄鱼时，它滔滔不绝地叙述发生在水底下的事情，发生在它们的很深的窝里的事情。它的窝，进口常常是藏在树根下或河边的陡坎下面。它向珍珠鸡介绍，进了窝还要走几米越来越高的通道，才能到达它的大而圆的卧室。

“那为什么呢？”珍珠鸡好奇地问。

“最亲爱的朋友，”鳄鱼解释说，“这是为了不让水把我的洞全部灌满了，这样，我就可以长时间地在里边待着而不至于缺少空气，*因为我喜欢躲避人们去思考事情。”*

其实，鳄鱼修筑洞，并不是为了思考事情，而是为了储藏它捕获的动物。这些动物在它吞吃之前，要在洞里放很长时间，任其腐烂。而在冬天，当食物很少的时候，它就待在洞里睡觉，有时，也来到太阳底下晒一晒，伸伸腰再睡，这时，只有一个办法可以填充它的饥肠，那就是吞几块石头。

“您独自一个，不烦吗？”

“我经常接待乌龟来访，因为它有着和我一样的兴趣和对生存的同样的理解方式，所以，我们相处得很好。有时，它和它的全家一块儿来和我一起住上几天，由于我的洞不大，而且我又不肯让它们待在门口那儿，因此我就把我的背当床让乌龟睡觉。你看，我的心肠多好啊！怎么样，哪天到我家去看看，好吗？”

珍珠鸡很想钻进水里了解这一切特殊的事情，但是，它除了好奇之外，仍保持着较高的警惕，它对鳄鱼还是很提防的。尽管此时鳄鱼很友好，然而，珍珠鸡发现它的目光是向着自己斜视的，所以珍珠鸡未作任何决定。

一天，鳄鱼把它众多的孩子叫在一起，对它们说：“地上的动物我好像差不多都吃过了，就是珍珠鸡的肉还没有尝过，我很

「专家解疑」

好奇：对自己所不了解的事物觉得新奇而感兴趣。

警惕（tì）：对可能发生的危险情况或错误倾向保持敏锐的感觉。

「智慧引路」

喜欢思考是一个好习惯，思考是进步的起点。小朋友们也应该学会思考问题。

「好词好句」

理解

相处

*尽管此时鳄鱼很友好，然而，珍珠鸡发现它的目光是向着自己斜视的，所以珍珠鸡未作任何决定。

「专家解疑」
倾（qīng）注：①由上而下地流入。②（感情、力量等）集中到一个目标上。

想尝一尝。为此，我想了个办法：我马上待在水面上，就像死了一样，你们都到岸上去集合，把你们的所有眼泪都倾注出来，然后，你们去叫珍珠鸡。我们两个是好朋友，它一定会来的。”

小鳄鱼们听从了它的话，聚集在岸上哭天抹泪地号啕起来……它们哭啊，哭啊，直哭到珍珠鸡闻讯赶来。

“哎，我们可爱的爸爸死了，我们上来告诉你，并按它临终时的遗嘱，邀请你参加它的葬礼。今天晚上，我们把它拖到岸边，以便你和我们一块儿痛哭一场。它是突然死去的，要不，按照习惯，它本来应该到水外面来咽气的。”

「智慧引路」
在动物界，尤其是面对肉食动物时，只有小心谨慎才能使自己长寿一些。

这个时候，鳄鱼像一段木头似的挺在水里，任凭水流漂动。

珍珠鸡是细心的，它很快就发现小鳄鱼们的悲伤有些虚假。

可是，它不动声色，答应晚上和孩子们一块儿来。就在小鳄鱼们跑回去向它们的父亲汇报的时候，珍珠鸡也回到自己的孩子们身边，它告诫孩子们：“我的孩子们，

听我说，我们马上就去参加‘我的朋友’——大鳄鱼的葬礼。可是，我们要提防！它很可能是想吃掉我们，就在它一动不动地漂在水面上的时候，我看到它的小眼睛一闪一闪的。它请我去，是个圈套。你们跟着我，由我自己去靠近它，你们就不要上前了。听到我的命令时，你们就唱歌。”

珍珠鸡一家，排着队向河边出发了。

鳄鱼家的孩子们早已来到岸上。小鳄鱼们在它们的父亲的“遗体”周围排好。小珍珠鸡们远远地和小鳄鱼们互相问好。

珍珠鸡对小鳄鱼们说：“我的小朋友们，我的可怜的小朋友们，你们葬礼的仪式是不是早作了准备了？”

小鳄鱼们回答：“还没有，善良的珍珠鸡。我们太小了，还不知道应该怎么办，我们希望您来安排。”

珍珠鸡向它的孩子们说：“为了使我们的老朋友死后荣耀光彩，孩子们，你们唱歌吧，由我前去看看，这是件大事，可得按规矩办理。”

小珍珠鸡们唱起了哀歌：

噢，鳄鱼！
我们在哭你，
我们的悲伤大无比。
你是不是真死了呢？
要是你真死了，
为使我们相信不疑，

「智慧引路」
只有细心、谨慎地处理事情，才会减少甚至是杜绝错误的出现，这不仅是一种良好的习惯，也是我们获得成功的必备条件。

「专家解疑」
遗体：①死者的尸体（多用于所尊敬的人）。②动植物死后的残余物质。

「好词好句」
规矩
哀歌
* 我们在哭你，我们的悲伤大无比。

为使我们能够颂扬你，
你就动一动你的脚吧。
要说的事情还很多，
因为，你享有很高的荣誉。

「好词好句」
荣誉
著名
*这时珍珠鸡和孩子们趁机飞了起来，一边叫着，一边嘲笑着鳄鱼。

鳄鱼忘乎所以，便动了动脚。小珍珠鸡们张大了嘴巴，继续唱道：“光荣属于著名的大鳄鱼。”

珍珠鸡补充道：“你已经动了动脚，但是，我们还是不相信，因此，你要开合三次你的大嘴才行。”

鳄鱼开合了三次它的大嘴，小珍珠鸡们又唱起来：“光荣属于著名的大鳄鱼。”

珍珠鸡说：“我们开始相信你是死了，嗨，可是，因为你是死了，那你就睁一下眼睛吧。”

「智慧引路」
只有愚蠢的人才会将别人都当成傻子，殊不知，自己在算计别人的同时，早已被别人算计了。

愚蠢的鳄鱼睁开了它丑陋的小眼睛，它看了看珍珠鸡，心里暗暗地说：*“头脑呆傻简单的珍珠鸡！等你办完了这种愚蠢的仪式，我马上就要吃掉你们的！”*

珍珠鸡继续说：“鳄鱼，请你转过身去，在这之后，我们就不会怀疑你的死了。”鳄鱼转过了身子。

这时珍珠鸡和孩子们趁机飞了起来，一边叫着，一边嘲笑着鳄鱼。鳄鱼气坏了，终于明白自己受了捉弄。

「专家解疑」
谆谆（zhūn）：形容恳切教导。

珍珠鸡回到家里，又谆谆告诫它的孩子们：“千万不要再喝这条河里的水，千万不要再到这条河里去洗澡。如果你们渴得厉害，你们只能去喝露水。”

智慧启迪

在与狡猾、凶狠的人打交道时，一定要步步为营，只有小心谨慎才能降低危险系数。

白麻雀

很久以前，在一个村子的旁边，有一片森林。

这片森林的树木长得又粗又高，草地上开着五颜六色的花。这里生活着各种各样的鸟，它们把巢建在高高的树枝上。一棵树上生活着一种鸟的家族。每天，都能听到各种鸟欢快的叫声。

在一棵很高很高的梧桐树上，生活着麻雀家族。这个家族的麻雀都生着灰黑色的羽毛。它们都以自己有一身灰黑色的羽毛感到骄傲。

看！这是多么漂亮的羽毛呀！

有一天，麻雀妈妈又孵出了一窝小麻雀，它低下头高兴地看着它的孩子们。“天哪！”它惊叫道。原来在这一群孩子里，竟然有一只浑身雪白的小麻雀！麻雀妈妈吃惊地看着这个奇怪的孩子：它浑身的羽毛都是雪白雪白的，只剩下眼睛和嘴巴是黑色的。

“怪物！”麻雀爸爸大叫道，“你怎么会孵出这么一个可怕的东西！”

“怪物！”一树的麻雀一起说。

「好词好句」
五颜六色
雪白
*它浑身的羽毛都是雪白雪白的，只剩下眼睛和嘴巴是黑色的。

「名师点拨」
先说明灰麻雀们的思想观念，为后面白麻雀的出现、与它们格格不入的事件制造矛盾，使故事具有更强的结构性。

「专家解疑」
一致：①没有分歧。②一同；一齐。
冷嘲热讽：尖刻地嘲笑讥讽。

麻雀家族召开了一个紧急会议。最后大家一致同意：把这只浑身雪白的小麻雀赶出这个家。

“看着它，我会做噩梦。”小麻雀的祖母说。

“赶出去！赶出去！”一树的麻雀一起说。

麻雀妈妈虽然有些舍不得，但它也不能保证这个奇怪的小麻雀不是个怪物，是否会给它们整个家族带来灾难。它含着泪把小麻雀赶下了大树。

「智慧引路」
积极乐观的想法是希望的种子，小朋友们遇到事情时也要保持乐观、积极向上的心态。

白色的小麻雀没有了家，它伤心地在森林里走着。*但它没有完全灰心，它想：“那我还可以和其他的鸟类交朋友，我不会寂寞的。”*

于是它开始露出微笑，对每一个遇到的鸟儿说：“你好，我可以和你做朋友吗？”

但是，那些森林里的鸟儿，因为从来没有见过白色的麻雀，都拿它当怪物看。有的会说：“看，这是一只多么丑陋的麻雀呀！看那一身的白羽毛。”所以，没有一只鸟想和小麻雀交朋友。它们一看到小麻雀向自己走来了，就躲得远远的，或者低头假装没看见它。

「好词好句」
发抖
伤心
*它们一看到小麻雀向自己走来了，就躲得远远的，或者低头假装没看见它。

可怜的小麻雀，一个朋友也没有交到，还受到了那么多的冷嘲热讽。天快黑了，风吹起来，树叶簌簌作响，小麻雀冻得发抖。森林里的鸟儿不欢迎它，它只好走到森林旁边的小道上，低头小声哭起来。它是多么孤独、多么伤心呀！

一个苍老的声音说：“可怜的小麻雀，不要哭，我和你做朋友，我会成为你最好的朋友。”

小麻雀以为是在做梦，抬起头来一看，一条黄色的大狗正站在它面前，微笑地看着自己，眼里全是慈爱。

小麻雀擦干眼泪说：“真的吗？你是谁？”

大狗笑了，小麻雀看到它的嘴里有几颗牙齿已经掉了。大狗说：“我是农场主塔法洛家的狗，我在他家里已经干了十年的活儿。就是房子最高、最大的那一家。以后你就叫我老狗吧。”

小麻雀笑了，它说：“老狗，你不害怕我是一只白色的小麻雀吗？”

老狗说：“不害怕，我一看到你就知道你是一只善良的小麻雀。*再说，我觉得这一身雪白的羽毛挺漂亮的。*”

小麻雀高兴地飞到老狗的背上，大喊着：“我有朋友了！我的朋友叫老狗！”

从此以后，它们每天在一起。麻雀为老狗唱一支又一支的歌，逗它开心。麻雀睡觉的时候，老狗就让它躺在自己的怀里，帮它遮风挡雨。它们在一起生活得很快乐。

突然有一天，小麻雀捉完虫子回来，看到老狗正躺在森林旁的小道上。它身上的黄毛很凌乱，腿上还在流着血。小麻雀吓了一跳，说：“老狗，这是怎么回事？”

老狗看着小麻雀着急的神情，呜咽了一声说：*“那个可恶的农场主塔法洛，他早就嫌我老了，想把我赶出家门。*今天，仆人偷了一根骨头，塔法洛却诬陷我，说是我偷了。狠狠地打了我一顿，然后就把我赶出来了。”

善良的小麻雀落了泪，眼前的老狗变得好可怜。它飞快地去

「好词好句」
慈爱
凌乱
*突然有一天，小麻雀捉完虫子回来，看到老狗正躺在森林旁的小道上。

「智慧引路」
每个人站的角度不同或欣赏眼光不一样，因而得出的结论也大相径庭。小朋友与人交往时应该学会欣赏别人的优点，取人之长补己之短，完善自我。

「智慧引路」
飞鸟尽，良弓藏；狡兔死，走狗烹。农场主过河拆桥的行为十分卑劣，作者在此为后面的故事情节埋下矛盾的种子。

「智慧引路」
小麻雀正直善良，充满爱心，所以才会为老狗伸张正义，小朋友也要学会做一个富有正义感的人，以见义勇为的行为赢得大家的尊重。

「好词好句」
丑陋
可恶
*坐在后面的塔法洛一下子被甩出去老远，装啤酒的罐子全都摔在地上，啤酒流成了河。

「专家解疑」
狼狈：形容困苦或受窘的样子。

啄了一些止血的草叶给老狗敷上。它说：“*老狗，别伤心，我替你报仇。*”

小麻雀想了整整一个晚上，想出来一个好主意。

第二天，它远远看到农场主塔法洛赶着一辆装满啤酒的马车走过来了。它在树上藏好，等到马车从下面经过时，它飞快地冲了下来，又飞快地啄了那匹马的两只眼。

马受了惊，脱了缰开始疯跑起来。坐在后面的塔法洛一下子被甩出去老远，装啤酒的罐子全都掉在地上，啤酒流成了河。

小麻雀看着狠心的农场主狼狈的样子，在一边哈哈大笑起来。塔法洛气昏了头，他喊道：“你这只可恶的小麻雀！你这只长着丑陋的白羽毛的小麻雀！我要吃了你。”

小麻雀说：“你这个可恶的农场主，老狗服侍了你这么多年，你竟然把它赶出了家门，我要为它报仇！”

农场主说：“你这个多管闲事的丑麻雀，我要宰了你，放在火上烤熟了吃！”

小麻雀说：“你真的不愿意让老狗再回你的家吗？”

农场主揉着被摔疼的屁股，恶狠狠地说：“不愿意！难道它还没死？这个废物！”

小麻雀肺都快气炸了，它说：“农场主塔法洛，我要接着为我的朋友报仇。”然后飞走了，边飞边想着下一步的计策。

第二天，小麻雀飞到了它们麻雀家族居住的大树上。“上帝！它竟然还活着！”所有黑灰色的麻雀说。但是没有再说第二遍，因为它们好几天没有找到虫子吃了，正饿得头晕眼花，没有力气

大喊大叫。

白色的小麻雀说：“森林的旁边有一个村子，村子里有一个农场主叫塔法洛，他有一个大大的谷仓，谷仓上面有个露天的大洞。”很快整个树上的麻雀都知道了这个消息。

很快整个森林的鸟儿都知道了这个消息。这些饿得头昏眼花的鸟儿，发疯似的向农场主家的谷仓飞去。整群的鸟儿像一片乌云，遮住了天空。

农场主塔法洛傻了眼，他眼睁睁地看着自己的谷仓很快变空了。有几只鸟还差点儿啄着了他的眼睛。他对着空了的谷仓大哭起来。

森林里，所有吃饱了的鸟儿围着小麻雀唱着歌，它们发现原来这只白色的小麻雀不但不是个怪物，还是只聪明的、乐于助人的、很仗义的鸟儿。小麻雀站在老狗的背上，高兴得跳起舞来。

从此以后，小麻雀和森林里的所有鸟儿成了朋友。它每天站在老狗背上，高兴地唱着歌。

「智慧引路」

白麻雀心胸宽广，以德报怨，帮助曾经欺辱自己的灰麻雀们找到了食物，这种精神和气度值得小朋友们学习。

「好词好句」

头晕眼花

眼睁睁

*森林里，所有吃饱了的鸟儿围着小麻雀唱着歌，它们发现原来这只白色的小麻雀不但不是个怪物，还是只聪明的、乐于助人的、很仗义的鸟儿。

智慧启迪

以德报怨不仅可以和敌人化干戈为玉帛，还可以收获更多的友情。

名家品评

本章故事主要向小朋友们说明了机智、谨慎的重要性：三条鳗鱼的故事中，那位弟弟如果和他哥哥一样莽撞，只会落得和他哥哥一样的下场——变成石头；幸福鸟帮助雅赛克重新拿回金腰带，机智勇敢是他走向成功的阶梯；珍珠鸡也是依靠自己的智慧和谨慎识破了鳄鱼的险恶用心，从而让自己及孩子的生命得以存续。白麻雀的故事则向人们说明宽大为怀、积极向上的处世哲学给人带来的收益。

阅读思考

1.《三条鳗鱼的故事》中的那位弟弟是怎样救出他的哥哥的？

2. 幸福鸟是怎样从妖怪手中拿回金腰带的？

3. 白麻雀是怎样与灰麻雀们化敌为友的？

一、填空题

1. 嫦娥为了让她的丈夫________（填写人名）没有后顾之忧，能够安心对付________（填写人名），为民除害，而吞药升天。

2. ________为了化解水患，三过家门而不入，携弟子几经磨难，终在一山洞中取得治水经文________。

3. 伊凡王子在________的帮助下换回了火鸟，和________结婚，回到王城后继承了王位，过着幸福的日子。

4. 幸福鸟让国王赐给________一条金腰带，后来这条金腰带被妖怪骗走了，________变成美女把腰带偷了回来。

二、选择题

1. 牛郎织女幸福的婚姻遭到了________的阻拦和迫害，以致他们天各一方。（　）

A. 红拂　　B. 崇祯皇帝

C. 王母　　D. 康熙

2. 李靖最初遇到红拂姬是在________的府上。（　）

A. 杨林　　B. 杨坚

C. 杨广　　D. 杨素

3. 下列人物是春秋五霸之一的是（　）。

A. 大禹　　B. 康熙

C. 楚庄王　　D. 虬髯客

4. 木汤勺帮谁做出美味可口的饭菜？（　）

A. 勒兹丽娜　　B. 兹罗波哈

C. 斯坦尼斯拉夫　　D. 玛丽凯特

三、判断题

1. 小青和许仙相互产生了爱慕之情，不久就结成了夫妻。（　）

2. 经过牛金星测字之后万念俱灰，最后在煤山上吊的皇帝是明太祖朱元璋。（　）

3. 玛丽凯特在阿古拉的帮助下最后回到了爸爸妈妈的身边。（　）

4. 鳄鱼最后被珍珠鸡吃掉了。（　）

四、简答题

1. 芭蕉女是怎样被隋炀帝杀掉的？

2. 珍珠鸡是如何识破鳄鱼的诡计的？

答案

一、填空题

1. 后羿　河伯

2. 大禹　《水经》

3. 大灰狼　叶烈娜公主

4. 雅赛克　幸福鸟

二、选择题

1.C　2.D　3.C　4.A

三、判断题

1.×，和许仙相互之间产生爱慕之情的是白素贞，他们不久后就结为夫妻。

2.×，崇祯皇帝朱由检经过牛金星测字之后万念俱灰，最后在煤山上吊身亡。

3. √。

4.×，鳄鱼想吃珍珠鸡，但是珍珠鸡识破了他的诡计，他们谁也没有吃掉谁。

四、简答题

1. 芭蕉女为替被杨广害死的姐姐报仇，培育出美丽的芭蕉花，将南游的杨广从龙舟吸引到了岸上，再伺机刺杀杨广，不料杨广早有防备，身上带有护心镜，芭蕉女刺杀未果，反被杨广所杀。

2. 鳄鱼为了品尝他的老朋友珍珠鸡的肉，以假死欺骗珍珠鸡。在鳄鱼的“葬礼”上，珍珠鸡小心谨慎，以唱歌赞颂的方式多次试探，鳄鱼不知不觉地露出了破绽，终被珍珠鸡识破了他的阴谋诡计。